發亮的小河

馮輝岳⊙著
曹俊彥⊙圖

波光點點(自序)

這些年來，我常常像孩童般懷著童心，觀賞周遭的景物。我喜歡慢慢的走，靜靜的看，看細小的蟲魚，看路邊的花草，看枝頭的鳥兒……屢屢看出許多趣味來，還摻揉著些許回到童年的喜悅，那種感覺，實在是很微妙的。

眞的，只要用「心」去看，就能體會人與物之間的深情。比如那漫山遍野的咸豐草，雪白的花瓣，金黃的蕊，一大片一大片的開著，小小的花兒，千朵萬朵齊開所迸發的生命力，卻是多麼壯麗而

動人啊！如果只想著它的卑微，想著被它的種子黏得滿褲管的慘狀……咸豐草便一點都不美也不動人了。

走過鄉間的田野，小小的紋白蝶，在花上紛紛飛舞，令人目不暇給。在田間種菜的農夫告訴我，小白蝶在菜葉上產卵的「惡行」時，我著實有些吃驚，看到小白蝶的幼蟲，把甘藍菜啃得坑坑疤疤的，我倒擔心起小白蝶的命運了。蝴蝶已不多見，等有一天，連小白蝶也沒了，眞不敢想像那會是怎樣的春天？

物種、景物甚至人們的笑貌，消失了，永不再來，也永不再現。用文字把它們記錄下來，也許能留住一些什麼。有時我這樣想著，居然有些著急，我怕日漸魯鈍的手腦，無法清楚的傳達心底的感動，因而寫下來的念頭，不時慫恿著我，催促著我。

我居住的鄉間，如同台灣各地的村落，不停的蛻變。多了一些文明，少了一些自然。我寫下它們，希望下一代的孩童，在閱讀中「看」到它們，也讓美的經驗、溫馨的感覺，重現孩童心中，這樣，即使多年後某些東西消失了，至少有一些還存在，存在本書的篇章中。

這些長長短短的篇章，有些是久遠的印象，有些是現代的風景，能夠收集成冊，自有幾分歡喜。仍要衷心感謝桂文亞主編，若沒有她的鼓勵與催生，這幾年，我是不可能持續不斷的寫作兒童散文的。

記憶是一條發亮的小河，美好的景物、難忘的人事，像極了河面上的波光點點，白天陽光反耀，夜晚星輝映照，我一邊撒網捕捉，一邊快樂的寫著。倘使讀者朋友讀過以後，也有點點的波光在腦海閃動，我就心滿意足了。

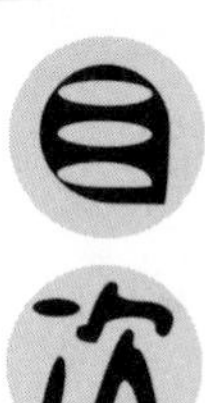

目次

輯二 搖舞的葉子

輯三 看小豬吃奶

輯四 赤腳去上學

附錄

作品賞析

輯一

發亮的小河

走進畫裡

夕陽就要落入山背了，它的餘暉，穿過稀疏的防風林，斜斜的灑過來。父親還在田間收拾農具，我跟著母親沿田埂走回家，兩旁寬闊的水田，還沒有插下秧苗，裡面貯滿了水，一塊連著一塊，倒映著天光、晚霞和樹影，沒有風，平靜無波的水田，彷彿一幅鋪滿大地的風景畫。

少小的我，在田裡玩了一天，跟在疲憊的母親後面走著，突然被眼前這幅畫震懾住了，猛抬頭，那巨大無比的天空，襯著初秋黃昏的天色，是我從來不曾看過的，我像不小心窺見了什麼秘密，有點兒心慌，又有點兒驚奇。我跟在母親後面，走著走著，穿過水田，我覺得自己正走進畫裡，又覺得自己彷彿走進一個熟悉的夢境裡……要不是母親一再呼喊，要不是天空逐漸迷濛，我眞捨不得離開啊！

後來，我跟母親提起這件事，母親總說她急著回家煮飯，哪記得這些？不過，我清清楚楚記得。那不是夢。那天黃昏，我確實跟著母親，穿過水田，走進一幅美麗的圖畫裡。

一窪水

一窪水，靜靜的，淺淺的。從水底的沙粒和泥土裡，伸出一枝枝細長的水草，有的浸在水中，有的露出水面，稀疏的長著。這一窪水，其實是田溝的末端，乾旱的季節，泥沙在這裡沉積，流水到了這裡也停止了步伐，因爲，母親把田溝的這端堵住了。菜園就在旁邊，母親每隔一兩天，就會拿勺子來這裡舀水澆菜。

我喜歡這一窪清澈如鏡的水。我常常獨自來到菜園邊，坐在溝旁的細草上低頭觀賞。鄉間午後，寂天寞地中，一個人與一窪水相對，那種感覺眞是微妙，不覺孤獨，也不會心慌，胸臆間一片寧靜平和。

一窪水的世界很小，如果水的世界也有桃花源，大概就是這裡吧！

一窪水的居民不多，水黽、豉蟲、龍蝨、螃蟹、大肚魚、紅娘華……有的其貌不揚，有的四肢如刀剪，牠們由這邊游向那邊，或出遊，或覓食，每個的行動都顯得溫文儒雅，動靜得宜。水黽的溜冰技巧好，在水面輕快的滑行；大肚魚穿梭水草間，好像在玩躲貓貓；小螃蟹和紅娘華在水底悠哉的爬著；豉蟲表演繞圈圈，一圈、兩圈、三圈……

水中的世外桃源雖然寧靜，有時也會有驟起的風暴。

提著空桶的母親，慢慢的走過來，傾著身子，一瓢一瓢的舀著，水面掀起波瀾，水底捲起泥沙，一片迷濛、渾濁，隨著母親的離開，慢慢的沉澱，像逐漸散去的雲霧。我睜大眼睛，看著歷經風暴洗禮的一窪水，水草依舊，水黽、豉蟲、龍蝨、螃蟹……仍然各據一方，只是換了位置，牠們靜靜的，彷彿剛自一場大夢中醒來，有點兒惺忪，卻看不出一絲驚恐，或許，牠們早已習慣了，母親前來舀水，牠們說不定把它當作一場刺激的遊戲哩。

一窪水的世界，這樣淺，這樣靜，這樣平和。眞奇怪呀！這不起眼的一窪水，莫非它有什麼魔力吸引著我，不然，爲什麼我在屋外散步，走著走著，不知不覺就會來到它的身邊？

春天的早晨

春天的早晨，霧，瀰漫在湖面上，一片迷濛。不久，霧伸出了小腳，輕輕的挪動，悄悄的散開，山和樹的輪廓逐漸清晰。

一條白色小船，孤單的停在岸邊，船的主人呢?周遭靜靜的，沒有人影，藍色的湖水，漾起淺淺的波紋，春天的湖，看起來有些寂寞。

太陽終於露了臉，湖面吹過一陣微風，霎時好像千百面小圓鏡在湖上閃耀。父親帶著我，沿湖邊的小徑走，湖面的風吹在臉上，涼涼的，粉紅的杜鵑正一簇一簇的綻放，花瓣上還掛著點點露珠。快接近小船的時候，我發現小船多了一個伴侶——一隻水鳥站在船尾。

「爸！您看。」

「水鳥哩……」

也許被我們的聲音嚇著了，水鳥貼著湖面飛飛飛，繞一圈又回到船上。我們停止了腳步。水鳥看著我們，像在告訴我們，牠是小船的主人。

我們循原路走回，很遠了，我轉頭望一望湖面，模糊中，仍看得見「小船的主人」站在船尾呢！

春天的晚上

春天的晚上，父親帶我穿過樹林，來到林中的小湖邊。我們坐在石椅上，湖水靜靜的，四周灑滿了月光，湖邊的景色，好像一首詩。我豎起耳朵仔細聽，樹林裡可真熱鬧哇！

嘓嘓嘓……

嘰哩哩……

啾啾啾……

叮叮叮……

父親小聲對我說：「牠們在表演大合唱。」

牠們是誰？我睜大眼睛，也看不見牠們的模樣。我知道牠們就躲在附近的角落裡。我們悄悄的坐著，牠們一定沒發現我們。

這麼好聽的聲音，我聽了很久，也分不清是誰唱出來的，就叫它春天的聲音吧！

這麼美妙的歌聲，是誰擔任指揮呢？我找了很久，也找不著。

啊！我知道了，一定是美麗的春姑娘。

田埂路

我念小學的時候，上學和回家都要經過一條彎彎曲曲的田埂。下雨天，田埂被踩得又濕又滑，我常常跌得一身泥巴。

每一次插秧前，我都看見雲叔舉著劈刀，砍除田埂兩旁伸出的雜草，爲了「斬草除根」，還把兩側的泥土也削去一些。一年又一年，田埂越來越窄，走在田埂上，一不小心，就滑進田裡。

父親說：「從前這一條田埂，牛車都可以走呢！」

「爲什麼劈得這樣窄？」我不解的問。

父親笑一笑說：「田埂窄了，耕地就寬了，就可以多種一些穀子啊！」

我恍然大悟，心裡也不再那麼埋怨雲叔了。

去年，雲叔僱來挖土機，挖挖補補的，把那片高高低低的田地整平了，還堆了一條又直又寬的田埂。農忙時節，收割機和耕耘機達達達達走過，小貨車往往返返載運穀包。感覺裡，那條田埂好像大馬路。

現在，鄉間已經看不見黃牛，也沒有牛車。如果有的話，雲叔坐著牛車，慢慢走過新田埂，影子倒映在水田裡，一定是很美的風景。

空閒的時候，我仍然喜歡赤腳走在雲叔的田埂上。只是，那條彎曲又濕滑的田埂路，只能在夢裡走一走了。

黃昏的大池

大池旁邊，原先是一片空曠的茶園，在我念小學的時候，開闢成營房。建了幾排灰灰的瓦房，還有一個遍布紅土的大操場。靜靜的大池，自從和營房成爲「鄰居」以後，就不再那麼寂寞了。新營房水量不足，也沒有浴室，每天黃昏，阿兵哥們不約而同來到池邊。他們脫去上衣，露出褐色的肌膚，用鐵皮臉盆舀起清涼的池水，往身上潑灑。嘩啦啦的水聲，哐啷啷的臉盆聲，和著他們

粗獷的笑聲，在波光粼粼的池面迴盪，彷彿一首黃昏的交響曲。放眼望去，除了周遭晃動的人影，池面也不時激起水花，他們的泳技真好，像鴨子一樣從這頭沒入水中，一會兒，卻在對面浮起。

「嗨！」

「嗨……」

隔著水面，我們互相打著招呼，雖然彼此都不相識。

斜陽灑在池面，水鳥和魚蝦都已經回家，把大池讓給阿兵哥。阿兵哥洗著一天的汗漬和勞累，也把黃昏的大池點綴得多彩多姿。

每天放學，打池邊經過，我都要佇足觀望一會。大池的風光，一直深映在我的腦海裡。這麼多年了，我仍常常想起黃昏的大池，想起那些阿兵哥。

升旗台

依稀記得讀小學時，第一棟教室前面，有一座美麗的升旗台。洗石子的台座，中間矗立著銀色的旗竿，筆直的伸向藍天。兩旁和後面，簇擁著墨綠的龍柏。沿著升旗台四周的花圃，圍繞著白色的矮籬。那矮籬只有一尺高，由一塊一塊的木板搭接而成，塗著亮亮的白漆。矮籬裡面，彷彿是一方聖潔的土地，在陽光下，散發著溫柔的光輝。

我經常站在附近的紅土操場上，仰望高高的旗竿和上面飄揚的旗子，年少的心中，總會不由自主的升起一股敬畏之情。

我們在升旗台後面的空地，畫了一個躲避球場。下課的時候，大夥兒躲著那被扔過來扔過去的球，呼叫聲和歡笑聲吵翻了天，一旁的升旗台，卻像坐禪的老僧，靜靜的。偶爾，皮球越過矮籬，滾進去了，球場的喧譁戛然而止，彼此面面相覷，然後，一個膽子比較大的同學，顛起腳尖，生怕冒犯什麼似的，躡手躡腳的跨過矮籬，鑽入濃綠裡。大夥兒耐心的等著，直到皮球從濃綠中拋出來，球場的笑聲才再度揚起。也許，升旗台莊嚴肅穆的氣息，使我們覺得害怕吧。

我卻喜歡升旗台周遭的寧靜與安詳。

忘了那天爲什麼留下來。我永遠記得，那是個晚霞滿天的黃

昏，夕陽已經落到山後去了，同學們也都走了。我背對西山，看著眼前的旗座、旗竿和龍柏。靜極了，這在暮色中漸漸模糊的風景，似乎在訴說著什麼，只有我聽得到，它，輕輕的呢喃，戀戀不捨的跟落到山後的夕陽道別，跟天邊的鷺鷥說再見，最後，輕輕的在我耳邊叮嚀：「孩子，該回家了……」我揮揮手，突然發覺暮色中的升旗台，眞美。

多年以後，升旗台遷移了，舊址上蓋了一排新教室。升旗台和它周遭小小的風景，卻像一幅永遠不褪色的畫，恆然貼在我的心中。

永遠的風景

大約是小學三、四年級的時候，國語課本中，有一篇描寫鼓浪嶼風景的課文，我只知道它是一個小小的海島，卻覺得這個地名眞好，有鼓又有浪，我常常想像它的模樣。

小小的海島，有個小漁港，停滿了漁船，陽光灑下來，照著漁人憨厚的笑臉，水面反耀著金光，海風輕輕吹拂，船兒輕輕搖擺，不時激起白白的浪花……這幅風景，深深印在我的腦海裡，那麼

美，那麼清晰，永遠不會褪色，也不會泛黃。我在夢中，不止一次站在岸邊，看船，看陽光，看浪花。長大一些，我常常希望有條船，黃昏的時候，去網一網金黃的波浪，然後，把船繫在夢中的漁港——那有鼓有浪的地方，有我少年的夢和嚮往……

許多年後，我看了林良先生的散文，才知道他小時候住過鼓浪嶼。我小學時代念過的課文，會不會是林先生的作品？幾次碰到他，想開口問問，又打住了，我怕，我怕腦海中的風景，會因而消失……

我喜歡腦海中的鼓浪嶼。像它的名字一樣，它永遠那麼美，雖然我不曾到過這個海島。

小葫蘆

算一算，家裡總共有七個小葫蘆，有的掛在牆上，有的擺在櫥櫃裡，有的放在書桌前。小小的葫蘆，沒有雕花，也沒有上釉，一個一個泛著微光。小巧的模樣，樸拙而可愛，眞是上帝美麗的傑作。我喜歡拿在手中輕輕摩挲，或是放在耳邊輕輕搖動，裡面的籽兒會「叩樂叩樂」跳個不停。

那一年，我到濱海的鄉下，拜訪種葫蘆的吳老先生。他娓娓告

訴我一些種葫蘆的往事，然後帶我穿過右邊的廂房，走進一間改建的倉庫，眼前陡然浮現一排高高疊起的尼龍袋。我伸手抓一下，裡面傳來葫蘆互相碰撞的聲響。我低頭一瞧，哇！旁邊那七八個大塑膠桶中，竟然也擠滿一個一個褐黃的葫蘆。倉庫裡，瀰漫著葫蘆特有的氣味。

我問吳老先生：「大約有幾個？」

「四萬個吧！」

吳老先生輕嘆一口氣，我知道他正在爲葫蘆的出路發愁。看著一個一個的小葫蘆，寂寞的躺著，眞希望它們早日成爲人們的寵物哇！

臨走的時候，吳老先生裝了一小袋葫蘆給我。回家以後，我分送一些給親戚朋友，剩下的就留著自己觀賞。

每當我瞥見這些葫蘆，就會想起吳老先生爬滿皺紋的臉。在那濱海的鄉下，他是不是還種著可愛的小葫蘆？這麼多年了，倉庫裡的四萬個葫蘆，都找到「歸宿」了嗎？

拱橋

最先引起我注意的，不是這座拱橋，而是溪岸那棵苦楝樹，它就長在橋頭的左側。來這裡上班的第三天，我從後門出來，散步到苦楝樹下。當我轉頭的剎那，我忽然怔住了，視線停留在那兩個弧形的橋孔上。我十分訝異，在這偏僻的村子裡，也有這麼美麗的橋。

這座拱橋，算是村子裡的小小景致，打側邊望去，一塊一塊紅

磚堆砌起來的橋柱，彷彿大力士伸展結實的雙臂，搭在兩邊的岸上。我一直以爲，橋只是搭接兩岸的「路」而已，自從認識拱橋以後，我才發現，橋，也可以成爲美麗的風景。

橋面實在狹窄，只容一部四輪小車通過。有時候，兩邊來車，其中一部就必須在另一頭「禮讓」，這是拱橋兩端常常出現的鏡頭。

拱橋下的溪水很淺，從不遠的山澗流過來，終年不斷，有人告訴我，小溪的上游是老街溪的源頭。流過拱橋下的溪水是這麼清，這麼涼，流到遠方的城市以後，還會一樣嗎？

拱橋的美，在她的古樸。她像不施脂粉的村姑，歲月並沒有在她的臉上留下多少痕跡。除了點點的青苔，方形的紅磚依然泛著微光。我喜歡隔著矮牆，看苦楝樹淡綠的葉子在微風中搖擺；更喜歡

坐在苦楝樹下，看那兩個畫著優美弧線的橋孔。

連接拱橋兩端的村道早就拓寬了。我眞擔心，有一天，拱橋會在我的眼前消失……。

電塔

已經忘記是哪一天了。當我沉迷在窗外的綠野平疇，當我神遊在起伏的山巒間，忽然，從眼前的墨綠中，蹦出來高聳的黑灰色鐵塔，我的胸口，頓時像被什麼堵住那樣難受。初次跟它們相遇，我實在不喜歡它們。

後來，我卻漸漸喜歡它們了，我也說不出什麼原因。每回搭車沿著高速公路北上，看見又高又大的電塔，站在山頂，站在山腰，

站在路旁，我都會忍不住多看它們幾眼。我常常把它們想成和藹善良的巨人，文風不動的站著，靜靜的，把溫暖和光芒送給每一戶人家。它們的長相不大一樣，倒梯形的頭，連結三個肩膀，垂掛著六隻手臂。這樣的造形最多，也最好看。

它們不會寂寞的。強壯的臂膀，彼此緊緊拉著電線，當電流通過的時候，它們就互相傳遞心中的歡喜和快樂了，什麼都不用說，千言萬語，都在電流中。

鳥兒不來，蝴蝶避開，在綠野青山中，在樓宇大廈間，靜靜聳立的電塔，雖然得不到人們的讚美，它們一點也不在意。頂著烈日，迎著八方風雨，看浮雲來來去去，也許，它們已經習慣這樣的生活了。

今天早上，當我搭車經過的時候，靜靜的電塔，紛紛對我道出

它們內心深處的願望：

「眞希望，能成爲大地美麗的風景啊……」

一個說完，換另一個說，我聽得清清楚楚。噢，它們不知道，

在我心中，它們巍然的姿影，早已成了美麗的風景。

冬天的陽光

「好天哪！」

「沒半點雲哩！」

一大早，屋外就傳來讚美老天爺的歡呼。

缸裡的鹹菜，醃製好些時日了，屋子裡，瀰漫著鹹菜的香味。

這一陣子，老天爺總是陰沉著臉，等啊等，今天終於放晴了。

母親傾著身子，從陶缸中撈起一把把的鹹菜，晾在長長的竹竿

上，金色的陽光灑過來，彷彿一排排的短珠簾子，影兒落在廳背乳白色的牆上，微風輕輕的掀著，眞好看。我從竹竿前面走過，它們仍兀自滴著鹹水，滴答滴答，此起彼落。太陽照著、烘烤著，竹竿上的鹹菜，散發出一種特殊的芳香，我不停的吸著鼻子，才知道那是加了陽光的味道。

母親回到院子，又忙著切蘿蔔。砧板架在盆子上，母親俐落的剁著，得！得！得……很有節奏的聲音，跟左鄰右舍相互應和。我把一塊塊的蘿蔔，倒在草席上，均勻的攤開來。十點多，崗背每戶人家的蘿蔔都切好了，周遭忽然靜了下來，遠方仍傳來模糊的聲響，是小山岡那邊的大戶人家嗎？的！的！的……聽來像是廟堂沉沉的木魚聲。

只要有接連兩天的陽光，那濕淋淋的鹹菜，就會變成鹹菜乾；

那白白的蘿蔔塊，也會縮成又黃又香的蘿蔔乾。

冬天的陽光，是老天爺送給崗背的禮物。母親忙著曬這曬那，忙著收集陽光。等鹹菜和蘿蔔都曬乾了，母親就會把它們和冬天的陽光，一起放入甕裡珍藏。

湖邊

其實，它只是一個小小的蓄水池，只因有人給它取了一個很詩意的名字——相思湖畔，這個池，就變成湖了。

不管它是池或是湖，我要說的是湖邊的風景。這個湖，顯然還很年輕，東、西、北三邊隆起的堤，是由黃土和石頭堆砌成的，水淺的時候，還看得見鑲嵌土中的石頭，露出水面。堤上長著蘆葦、牛筋草等雜草，也有一些野樹長在堤上，像烏柏、楠樹、相思樹

等，但樹身都不高，枝幹也細小，奇怪的是，相思樹都有志一同的向湖水傾著身子，有的枝幹末端還碰著水面。

「潑啦！」

枝幹末端彈起一陣水花，那是魚兒嬉戲的聲響。

澄澈的湖水，映著藍天白雲，也映著湖邊雜草野樹的影子。貧瘠的土堤，無法提供足夠的養分，湖邊不起眼的草、樹，卻兀自欣欣滋長，一點也不自卑似的。堤外是一片空曠的田野，風從很遠的地方越過田野吹來，湖邊的雜草野樹，就不停的搖擺柔軟的身子和手臂，彷彿在稱讚彼此的倒影。它們好像與世無爭，只要有陽光和雨露，它們就別無所求了。

湖的南面，連接一片平緩的土坡，坡上聳立著十幾棵老相思樹，粗大的樹幹，撐起稀疏的綠蔭。老相思樹的外表，光滑而少皺

摺，我抬頭仰望，看不出一點老態，壯碩的樹身，歷經幾十年的風吹日曬，依然挺拔。

南風一吹，老相思樹的種子落在堤上，就在那裡生了根，發了芽。那堤上瘦小的相思樹，大概是老相思樹的孩子，樹媽媽的鼓勵、祝福，一定給了小樹不少的啓示和勇氣吧？

湖邊的樹，都是鄉間常見的樹，當它們還是種子的時候，不經意落在湖邊，根，深深鑽入土中，這裡就成了它們的家鄉。

小小的湖，高高低低的樹，相思湖畔沒有美麗的風景，但是，當我走過湖邊，每一棵樹、每一株草，都輕輕對我訴說著動人的故事。

夜景

大年初一，九十高齡的父親，因為肺炎住進醫院。位在邊間的二樓七號病房，東、南兩面各有一扇大玻璃窗。父親躺累了，我常常調整床鋪，讓他坐起，偶爾拉開窗簾，一排商店街的屋後，正對著我們，看起來有些雜亂，視野裡，一片灰濛，灰撲撲的牆、黑漆漆的窗內、冰冷的鐵窗、銀白的水塔、低矮的鐵皮屋、隨處堆置的紅磚……唯一的綠意，是紅磚旁那株筆直的檳榔

樹。白天，商店街的屋後，顯得出奇的寂靜，看不出一點年節的氣氛。我的視線沿著連接大馬路的巷道望去，路口，一輛輛閃逝的車影，總算給這寂靜的畫面，平添幾許生氣。

父親問我：「那邊是大馬路嗎？」

「是啊！那是通往城市的路。」

馬路那邊，幾棟高樓像巨大無比的怪獸，佔住半個天空。看久了，胸口老是隱隱覺得窒悶、難受。窗外的風景，實在不怎麼好看，所以，多半時候，我都拉上窗簾，好讓室內暖和些。

初四晚上，父親半夜醒來，說躺著難過，我扶他坐著。覺得病房暖呼呼的，許是寒流走了，我輕輕拉開窗簾，近處，漆黑一片，夜，拿來一大塊黑布，把那些雜亂的牆、窗、水塔、紅磚、鐵皮屋……統統蓋住了。就在我抬頭的剎那，突然被馬路那邊的景象吸引

住了。白天，巨獸般的幾棟高樓，變成巍峨聳立的古堡，圓錐形的頂樓，在夜空中綻放著柔和的光芒，錐頂亮著一盞淡黃的燈。這龐然的建築，多麼像童話故事中的古堡，啊！夜已深，或許晚宴剛剛結束，古堡周遭，籠罩著一股曲終人散的謐靜與安詳，王子和公主，也已沉醉在甜蜜的夢鄉了。在這靜靜的夜晚，我的幻想長出了翅膀，飛上了古堡，裡裡外外繞了一圈。我校閱了英姿煥發的侍衛，也瀏覽了華麗的亭台樓閣、金碧輝煌的宮殿、巨幅的壁畫……我怕它像海市蜃樓般消失了蹤影，目不轉睛的望著，想著，直到雙眼疲憊。

在病房裡的日子，的確不好過。父親出院以後，我卻不時想起病房窗外的夜景，夜景裡的古堡。那可眞是美麗的回憶喲！

人行道上

每次踏上這條紅磚人行道，我總會不自覺的放慢腳步。人行道右邊，是學校的綠籬；左邊跟馬路隔著一排靜默的矮榕，儘管馬路上的車子川流不息，卻彷彿隔得很遠，感覺那是另一個世界似的，走在人行道上，我的心情和我的腳步一樣輕快。這城鎮的一隅，沒有燦爛的花朵，沒有動人的美景。一條短短的人行道而已。我總是說不出真正喜歡它的原因。

也許是這裡的風特別柔和。有時，微微的，一陣一陣，從綠籬的隙縫悠悠拂過來；有時，一股沁涼從校園的樹梢灑下來。這裡的風，好像不是從很遠的地方吹來的，一直在人行道上游動、兜圈子，我猜那高高的樹上，一定住著和藹的風婆婆，每天拎著風的口袋，對著過往的行人，一點一點的放著，不大不小，暖暖的、涼涼的……

也許是那排榕樹公公施展了魔法。一株株的矮榕，約莫一層樓高，修剪得渾圓的樹頂，像撐起一把把的綠傘，傘下垂著一絲絲的氣根。一個煙雨濛濛的傍晚，身子比矮榕高一倍的路燈，把暈黃的燈光，斜斜灑在榕樹的綠傘下，我看見傘下垂掛著一串串珍珠項鍊——雨霧凝結在氣根的水珠，正閃閃發亮哩！每一株都垂掛著，晶瑩的閃動，交織著明滅的街燈，閃得我的眼睛都花了。我猜一定是

榕樹公公施展了什麼法力，不然那天傍晚，我爲什麼沉迷在人行道上，久久不肯離去？

也許是樹叢裡看不見的小精靈，吸引了我。從那校園的濃綠裡，不時傳來鳥兒的啁啾，有的婉轉，有的高亢，間或夾雜著細微的銀鈴般的聲音，尾音拖曳得很長，仔細諦聽，又不像鳥鳴。我童年時，也曾在山腰間聽過一樣的聲音……我不禁懷疑，校園的樹叢裡躲著美麗的小精靈。

也許是……

噢，我眞的喜歡這條紅磚人行道。走出捷運站，穿過熙來攘往的街道，匆匆越過有紅綠燈的路口，也眞奇怪，踏上這條人行道，我的心胸就忽然開朗起來。

發亮的小河

有一條發亮的小河，一直在我的夢裡流啊流。我記得那條小河是從靈潭大池的出水口，沿著蜿蜒的河岸流過來的，我每天放學走過大池的出水口，有時看到池水奔騰而出，濺得好高好高。走在回家的路上，我的視線屢屢落在右邊不遠的河上，河水到了這裡，便放慢了腳步，緩緩的流著，岸上的樹和竹，每隔一段距離，就簇擁著一叢，我只能在間隙中窺探河水的動靜，隔著斜坡和荊棘，雖然

小河近在咫尺，我卻不曾走近河邊。

河水沿著彎曲的河道流啊流，流過幽暗的樹林深處，就完全被遮掩了，河的影子消失了，我知道只要越過樹叢，小河就會在那邊迎接我。每天上下學規規矩矩的走著相同的路，偶爾也會想像小河到了那邊的情景，是緩緩悠悠的流著，還是換了湍急的腳步？我卻從未興起繞過田莊把小河看個清楚的念頭。

那一天，我記得很清楚，養姊的生母家辦喜事，廳堂外搭起了大帳棚，人來人往，熱鬧極了。吃了幾道菜，養姊就拉著我往屋後的小路走，經過一座小小的土地公廟，穿過一排聳立田間的防風林，我的眼睛一亮，一片寬闊的河床在眼前伸展開來。我轉頭探尋，它的上游就消失在林蔭深處，那邊不就是我每天上學看到的河嗎？可是，我怎也不相信，小河穿過樹林會變得這樣寬闊。

河面很寬，散佈著大大小小的卵石。水很淺，只淹過腳踝。石礫間，沉澱著細柔的砂粒，踩在上面，讓流水緩緩穿過趾間，那種感覺眞好。水輕輕的流，砂粒又白又淨，小鯽魚三三兩兩的在我的腳間穿梭、悠游，好像不知道我和養姊是要來捉牠們的。

淺淺的河水，輕輕的流，碰到比較大的卵石，就翻起一陣水花。我站在河裡，環視周遭，陽光灑在河面上，亮亮的，看著眼前寬闊的河面，不知道爲什麼，我突然覺得有點兒迷惑，我懷疑自己是在夢中，這河，這又寬又「大」的河，只是我的夢境……直到遠處傳來養姊的呼喚，我才轉醒過來。我眨眨眼，彎下身子，兩手伸入水中，跟小魚小蝦捉迷藏，那白白扁扁的小魚被我捧起來，就在我的掌中彈跳，姿勢眞是美妙，彈一彈，跳一跳，我總是讓牠們跳回河裡的家鄉。我不想捉魚了，因爲，這河太美了……不，我那時

候還不懂得欣賞美，應該說它太迷人了。那閃耀著點點波光的河面，那洗了又洗的白淨的砂粒，那汩汩淺唱的流水，還有那岸邊搖曳的野草花……哦，一定是住在河裡的河神伯伯施展了什麼法術，不然，爲什麼我會這樣深深的迷上了它？整個下午，我只顧看河、淘沙和逗弄魚蝦，直到夕陽西下。我根本忘了捉魚這件事。

一直到現在，我不曾再見小河一面，但是，那條發亮的小河，不時在我的夢裡流啊流……

輯二

搖舞的葉子

野牡丹花

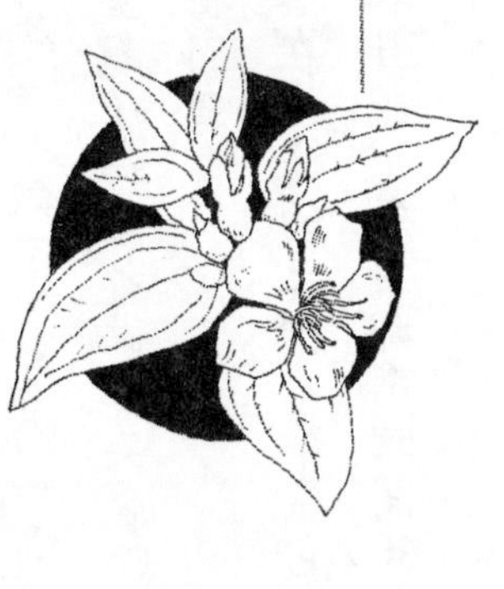

小河的水清澈見底，河邊長滿了蘆葦和一叢叢的野牡丹。我喜歡在淺淺的河裡捉魚蝦，累了就坐在岸邊看野牡丹花。

鄉間常見的野花裡，野牡丹的花朵算是比較大的。心形的葉子覆著細絨毛，摸起來粗粗的。紫色的花瓣，淡黃的蕊，看起來不怎麼顯眼，也不夠艷麗，開在雜草叢生的河邊，卻顯得清新脫俗。

野牡丹紫色的花房，是金龜子的伊甸園。有時候，三四隻聚集

在一朵花裡，太陽照在牠們油亮的甲殼上，閃著晶瑩的光。牠們一動也不動的擠成一堆，我伸手去捉，牠們立刻著急的往花蕊鑽。捨不得離開的樣子，彷彿夢遊童話王國的孩子，躲在溫暖的被窩裡不願意起床。

金龜子也有夢嗎？

河邊，一叢又一叢的野牡丹花盛開著，金龜子不約而同的一隻一隻飛來，尋找「夢的小屋」。餓了，就喝一喝花蜜，吃一吃花粉。野牡丹花開的日子，金龜子一定都做著美夢吧？看著牠們小巧的模樣，我眞有點兒羨慕牠們哩！

野牡丹花謝了，種子落在河邊的土裡。雖然它的美麗得不到人們的讚賞，但是河邊的野牡丹花，每年都準時開放。一朵，兩朵，三朵，四朵……開滿小河邊。

咸豐草的春天

假日，走在崗背狹窄的村路上，我放慢了腳步，有足夠的時間，跟路旁的雜草野花和野樹打招呼，眞好。

路旁最多的是咸豐草。村路右邊的曠野，樹很少，陽光充足，幾乎成了咸豐草的天下。從路邊未鋪柏油的石礫間，順著駁坎，一叢一叢的咸豐草，像鋪蓋綠地毯似的，白色的小花，除了紋白蝶，大概沒有人愛它，仔細看，小小的花瓣，圍著細細的黃蕊，爭相開

著，開得這麼爛漫。不需讚美，沒有掌聲，這麼努力的開花，一朵一朵，每一朵都有它的秘密哪！

一朵小花，孕育十幾顆種子，十朵百朵千朵萬朵……孕育多少種子啊！像蝦腳一樣的種子，細細尖尖的，落在土裡，發了芽，生了根，就是一株堅韌的小草；黏在人畜身上，在哪裡掉落，就在哪裡繁衍。只要有陽光和雨露，再貧瘠的角落，也是咸豐草的樂園。

村路旁的雜花野草，都是這樣長著的。也許上蒼有好生之德，沒人照顧的，反而長得特別茂盛。鴨腳木的掌狀葉子綠得發亮，五節芒搖擺著長長的莖葉……而咸豐草，一個春天便綠遍了崗背的曠野。

動物樹

每天開門，長長的山岡，就橫在眼前。低矮的山岡，起伏不大，好像綿延的城牆，護衛著我們的家鄉。每當夕陽落到山背，燦爛的霞光，把山岡的輪廓，襯托得更清晰了，這時候，我們喜歡站在屋簷下，看山岡上的樹。

高高低低的樹，貼著西天的晚霞，一個一個不同的造形浮現了。最多的是綿羊，有的躺，有的站，有的抬頭看天，有的低頭吃

草，一隻兩隻三隻四隻五隻……排成一列。牠們停在那裡，一動也不動，仔細凝望，又覺得牠們緩緩的動著，細細看，真的動了，躺著的，站了起來；吃草的，稍稍抬起頭。噢，那一定是風在戲弄牠們。

「這邊有一頭水牛哩！」

「那是大山羊吧？」

「……」

我們一邊看，一邊說。隔了這麼遠，樹影的造形，我們憑著想像去填補，太像的，反而引不起我們的興趣，有許多看來「四不像」的樹，看著看著，就成了自己想像的動物。牠們每天靜靜的站著，靜靜的吃草，沒有恐懼，沒有驚嚇，看起來多麼安詳。

山岡上的樹，四季變換著不同的造形和姿態，每隔一段日子，

我們站在屋簷下看，有時，找不到心愛的動物，心中總有一絲惆悵；發現新來的動物，心中也會歡喜一陣。

有一天黃昏，我們眞想上山去看樹，看晚霞。跑到山下，找不到上山的路，我們就在山下學電影中的「泰山」，對著山上呼喊：

「喔—嗚—吼——」

我們隱隱聽到了回音，山上的動物樹，跟我們打招呼哪！

木棉花開

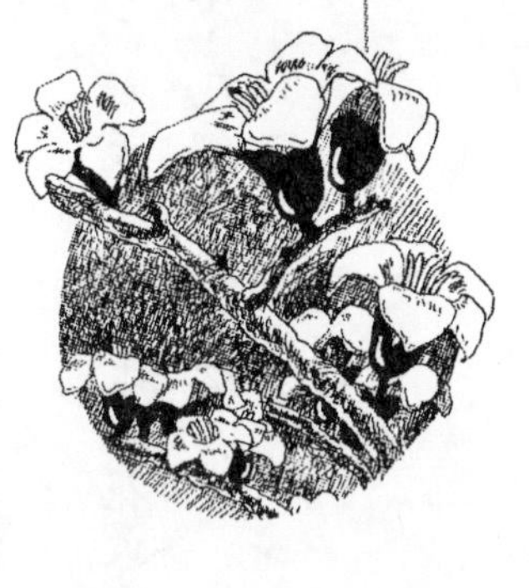

三月的時候，雨落個不停，花草樹木都發出了新芽，校園的木棉花也一朵朵含苞待放，抬頭望去，只見黑褐的花托，托著一抹抹淡黃，點綴在光禿的枝椏上。

春寒料峭之後，突然熱了起來，陽光照在木棉樹上，花朵們都張了嘴，好像在歡呼。接連幾天晴朗的日子，陽光漫灑著，我才發覺，原來太陽是彩繪木棉花的畫家。

太陽只愛用黃、橙、紅三種顏色，替木棉花打扮。橙黃的木棉花開滿枝椏，就像掛滿一樹的燈泡，一盞兩盞三盞四盞五盞……數不清的「燈泡」，亮亮的，看起來好暖和。走在樹下，彷彿走進一條燈光輝煌的大道。

太陽又揮動彩筆了，橙黃的木棉花，漸漸轉爲橘紅，每棵木棉樹都搶著把蘊蓄的光彩，一古腦兒迸發出來，從橘紅的花朵中，我隱隱感覺那股勁道。

橘紅的花朵，燦爛的開向藍天，這是木棉花最美的季節。就在這個時候，有些早開的花朵，已經開始掉落。

叭嗒！

掉下一朵。

叭嗒！

又掉一朵……

它們連著花托躺在地上，花瓣都還完好，也還一樣的紅。孩子們歡喜的撿著，嘻嘻哈哈的捧在懷裡。下課的時候，孩子們把花朵串成花環，掛在胸前，他們在陽光下跳著，串串的花環，閃動著耀眼的紅。

木棉花終於落盡了，那一朵一朵的橘紅，卻一直在我的腦海閃耀。

搭帳棚

最喜歡搭帳棚的植物，要算槭葉牽牛(註)了。每天上班經過那裡，就小路旁邊，搭著大大小小的綠色帳棚。看見槭葉牽牛精神抖擻的忙著攀爬、搭蓋，它們的功夫眞好，堅韌的蔓藤，會纏繞，也會攀爬。它們貼著地面，從駁坎下爬呀爬，爬上駁坎，爬到路邊。

它們碰著樹身，就繞著往上爬，爬到枝椏末端，爬上了樹梢，

就在頂端搭起了綠色的帳棚。

灰褐的蔓藤，是它們靈巧的小手。

它們緊緊抱著相思樹說：

「讓我搭個帳棚吧！」

它們拉著芒草的粗莖說：

「讓我搭個帳棚吧！」

它們抓著細竹的枝幹說：

「讓我搭個帳棚吧！」

相思樹、芒草、細竹……啊！雜草野樹碰到槭葉牽牛，都點頭答應了。

於是，一頂一頂的帳棚搭起來了，一天、兩天、三天，一個月、兩個月、三個月……掌狀的葉子，滿滿的鋪著，蜘蛛拉網似的

蔓藤，層層交疊。旁邊垂掛下來的是綠色的流蘇，長長的流蘇，款款的擺動、搖曳，即使沒有什麼風，也彷彿有一陣一陣的清涼，從帳棚那邊吹過來。

春天有多綠，槭葉牽牛就有多綠；春天有多美，槭葉牽牛的帳棚就有多美。依稀記得秋天或冬天的時候，樹林裡有槭葉牽牛的蔓藤和花影，想不到，一個春天，小路邊的樹林就搭滿大大小小的綠帳棚。原來，槭葉牽牛的春天在這裡，在這片靜謐的樹林裡。

再過一陣子，等帳棚上下掛滿紫色的花朵，蝴蝶來，蜜蜂、蚱蜢也來，我也要走下駁坎，走進樹林，參加這一場花團錦簇的盛會。

註：槭葉牽牛，又叫野牽牛，開紫色的花，形狀像喇叭。台灣鄉間到處可以看到它的蹤影。

拔蘿蔔

春雨綿綿。父親剛出院，身體還很虛弱，我勸他在家裡休息，他卻不住掛慮園子裡的菜和那一畦蘿蔔。

今天早上，太陽終於露了臉，我趕快帶著麻袋前往菜園。父親的掛慮不是沒有原因的。大頭菜萎萎縮縮的，沒有一點兒生氣；甘藍的葉子，爛了，枯萎了。

有幾棵蘿蔔菜的中間，竄起長長的粗莖，頂端綻開著一簇簇的

小白花。我低下頭，仔細的觀賞蘿蔔花，哦，應該是那徘徊不去的小白蝶，吸引了我，我剛踏進園子，就看見七八隻小白蝶在花間飛著、舞著，一會兒這棵，一會兒那棵，不曉得牠們為什麼這麼迷戀，我打量著小小的白花，四片蝶翼般的小花瓣，圍著細黃的蕊，雖然一點都不起眼，我卻發覺那四片小花瓣，像極了小白蝶，一定是飛舞的白蝶把小白花當做朋友吧，不然，小白蝶為什麼圍繞著它們翩翩起舞呢？小白花、小白蝶，小白蝶、小白花，站在蘿蔔園中，我差點分不清蝶與花了。

「對不起啦！小白蝶。」

我有點不忍的拔起開花的蘿蔔菜，扔在一旁。目送那群小白蝶快快的飛走，心中一陣悵惘。

還沒有抽莖開花的蘿蔔菜，撐著斑剝的葉片，底下卻結著結實

的蘿蔔。細長的野草，已經蔓延在它們的四周。我輕輕一拔，一個個白胖可愛的蘿蔔，就從鬆軟的泥土中露出圓臉，它們彷彿剛從夢中醒來，等待這一刻似乎很久了，我一手抓著蘿蔔，一手拗著莖葉，橢圓形品種的蘿蔔，大得我的手掌沒法兒盈握，好幾次，蘿蔔自我的手中滑溜下來，砸在腳上，好痛。

這畦早在初春就該採收的蘿蔔菜，悄悄的吸收養分。有的藏在土裡像吹氣球似的一天天脹大，這樣的蘿蔔，又肥又壯，拔起來特別過癮；有的不甘寂寞似的不停抽莖、開花，招來蜜蜂和蝴蝶，這種蘿蔔菜的底下，只結著瘦瘦小小的蘿蔔，把養分全給了莖和花，種菜人家可不歡迎這種蘿蔔菜。我把它們扔在一旁，連它們結的小蘿蔔，我也懶得拗下來。

看著躺在一旁的蘿蔔菜，想到開花、結籽原是它們與生俱來的

使命，它們爲了繁衍下一代，那樣努力的抽長，不理主人的白眼和咒罵，不知怎的，我忽然對它們充滿了感激和敬意。

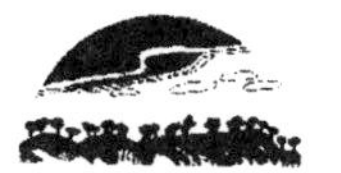

搖舞的葉子

午後，我沿著溝邊的防風林走，陽光穿透薄薄的雲霧灑下來，四周出奇的寧靜。我每走幾步，小徑旁堆積的枯枝、落葉間，就傳來蜥蜴和蚱蜢的窸窣，牠們沉醉在春天的陽光下，被我的腳步聲驚醒了。對不起，對不起。我一邊走著，心裡一邊不住的喊。在這麼靜謐的午後，躺在暖和的陽光下，是多麼美好的享受啊！

走到防風林的缺口，我被一叢棕葉狗尾草（註）吸引過去。童

年時，棕葉狗尾草曾經是我的最愛，我幻想的翅膀，總愛乘著一葉扁舟，載著小小的夢，去看夕陽和浪波。溝邊的棕葉狗尾草，輕易的滿足了我的夢想，因爲，我的棕葉「小船」每次都安安穩穩的順著河溝，航向遙遠的地方。

春天來了，狗尾草狹長的葉子長得特別茂盛，一片片精神抖擻的挺立，靜靜的接受春陽的溫馨，就在這時，一片狗尾草搖擺的影子，突然映入我的眼簾。那是靠近河岸的一片，它不停的搖著，和著小河的淺唱搖哇搖哇，很有節奏的前後搖擺，畫著圈兒，好像套著一個無形的呼拉圈，搖著婀娜多姿的身影，搖搖搖，搖得那麼起勁。周遭一大叢狗尾草的葉子，卻文風不動，它們圍著它，彷彿在欣賞它的獨舞。我趨前打交疊的草叢間梭尋，猜想那葉子的莖部，一定有什麼搖動它。我仔仔細細找了一遍，什麼也沒發現。它依然

那樣搖舞，搖得我的心都有點兒慌了。

「叱！叱……」我跺一跺腳，想嚇走葉子下的小精靈。它，依然搖舞。誰是葉子下的小精靈，蚱蜢、蜥蜴還是河溝拂來的頑皮的風？這奇妙的葉子，眞教人猜不透。

我抓起一團泥塊扔過去，它依然搖搖搖，也不歇息一下。小精靈啊！你的手不累嗎？

我靜靜的兀立著，靜靜的看著這奇妙的葉子，直到太陽西斜。我離開的時候，它還是那樣搖個不停……

註：棕葉狗尾草，又叫颱風草，船形的葉片尾端有皺摺，傳說由皺摺的數量，可以預卜這一年颱風來襲的次數。

快樂的樹

我家對面那排樓房，有的加蓋三樓，有的沒有加蓋。從三樓望出去，隔著我家陽台，隔著對面的樓房，隔著村道和壕溝，那邊就是紅土崗上的營房。

剛剛搬來的時候，起風的日子，偶爾登上三樓，瞥見營房的操場邊，幾棵高聳的尤加利樹在風中搖擺，大概隔得遠，樹梢的枝幹看起來很纖細，北風的吹拂，看了令人難受，這群尤加利一定很痛

苦吧？我這樣想著，總是不忍卒睹的關上窗子。

今年春天，陽台的花樹更燦爛了。每天早晨，我喜歡推開窗子，迎著晨曦，一邊甩甩手、扭身子，一邊觀賞陽台的風景，不經意的抬起頭，我又看見遠處的尤加利了，細瘦的樹梢，歷經幾回春夏秋冬，早已練就一身堅韌的筋骨，仔細的看著它們在風中款擺，我發現這群矗立操場一角的樹，比誰都快樂。

大風吹來，枝椏晃動，一會兒前傾，一會兒後仰；一會兒東倒，一會兒西歪。那是尤加利在談天說笑。它們那麼高，崗背大大小小的事情，它們全都看在眼裡，有趣的、好笑的、傷心的……談不盡，也笑不完。它們也許像老人一樣，喜歡笑談往事，從前的崗背呀！從前的大池啊！從前的營房和阿兵哥啊……它們可記得少小的我？少小的我，跟著母親穿過紅土操場，到營房北邊去挑餿水，

滾滾的風沙迎面撲來，帽子被風吹走了，我追著追著，耳邊傳來你們嘩嘩的笑聲，你們一定記得的，雖然那時你們還很年輕。

有時候，早晨起了濛霧，遮住了遠山，蓋住了營房的屋瓦，高聳的尤加利不見了。太陽慢慢的爬升，霧，漸漸的散去，尤加利才掀開濛霧織成的布，輕輕的笑著，看我藏在那個角落。我就知道，它們在跟我玩捉迷藏。

可是，有時候，尤加利喜歡靜靜的看著周遭的景物。天上，悠悠飄過的白雲；地上，隆隆發動的裝甲車；司令台前，精神抖擻的阿兵哥；鐵絲網上，一朵一朵的野牽牛花……它們像坐禪的老僧，一動也不動，顯然看得入神了。

尤加利樹不寂寞。春天來臨的時候，我天天站在三樓的窗旁，細細的聽，細細的看，跟它們打招呼，我才知道它們是一群快樂的樹。

芒萁滿山坡

有一種葉子像羽毛的蕨類植物，客家人稱作蘆萁，我查過許多資料，才知道它的學名叫芒萁。

防風林下、崗背的村路旁、茶園附近的山坡上……到處都看得到它的蹤影。它不像細草貼著地面生長，它用堅硬的枝椏，搭起縱橫交錯的支架，好讓羽毛形的葉片覆在上頭，底下，就成了野蜂、蜥蜴和野兔的溫床。遠遠望去，陽光下，山坡上的芒萁，彷彿抹了

一層蠟，閃閃發亮。

玩打仗遊戲的時候，我們不約而同的折下一截芒萁，拉起葉子的兩端，像掛眼鏡般勾在耳朵上，跳上跳下也不會脫落，打起「仗」來格外勇猛，彷彿臉上掛著芒萁，便成了所向無敵的俠客。

我家的茶園在營房後面。茶園附近的山坡，芒萁長得特別茂盛。有時跟隨母親上山採茶，空曠的茶園，靜悄悄的，只有細微的蟲鳴和著採茶聲，在耳邊迴繞，忽然，草叢間一陣窸窣，跳出一個個「草」人來，嚇得我心驚膽跳。

「毋怕，毋怕，係阿兵哥啦！」母親笑著安慰我。

定睛細瞧，原來是演習的阿兵哥，他們荷著槍，弓著腰，全身上下掛滿了芒萁，臉上只露出兩隻亮晶晶的眼睛。哈！他們也學我們把芒萁掛在臉上。這羽狀的芒萁葉，可是最佳的化裝材料哩！

我的母親最喜歡芒萁了。一有空閒，她就攜著柴刀，爬上小山坡。她把頭埋進草叢中，沙沙沙的割著拉扯的芒萁，我站在一旁，堆疊著。母親又擠又壓的，好不容易捆了兩大把，再用竹棍一路搖搖晃晃扛回家。攤在曬穀場上，母親又急著拿乾稻草，將芒萁縛成一個一個的「草結」，那些年，芒萁草結是我們家煮飯、炒菜的主要燃料。也眞奇怪，葉片油綠的芒萁，一送入灶口，先是冒出一陣白煙，接著就必必剝剝的燒起來了。芒萁雖然燒得猛烈，可惜不耐火，一個草結，一會兒就化成了灰，好在有一山坡的芒萁，任由母親揮砍。漸漸長大，偶爾想起母親彎腰割草的背影，交織著芒萁燃燒的燦爛，總覺得那是鄉間最美的景象。想著想著，心底竟也暖和起來。

芒萁滿山坡。山風輕輕吹拂，我彎身折了一截芒萁，掛在耳朵上，許多記憶一一浮現腦海，像滿山坡的芒萁，在眼前閃閃發亮。

看蓮

陶盆裡種了兩株睡蓮，一株的葉子像手掌一般大，一株卻小得像十元的硬幣。

大睡蓮長得快，先在水中抽出小小尖尖的芽，慢慢的，蜷曲的芽，像咧開的嘴，微張著，緩緩舒展，葉柄也斜斜的往上撐，一天，兩天，三天，終於平貼在水面上，一片葉子的生長，也要歷經這番艱辛，我從來不曾留意哪！蓮葉浮貼水面，底下的葉柄可沒閒

下來，仍然繼續長著，把蓮葉撐向更遠的水面，不斷增長的柄，只得在水裡彎著身子。圓圓的蓮葉，像一葉扁舟，清風吹來盪呀盪；葉柄，卻在底下默默的支撐，其實，它才是編織風景的幕後功臣呢！

小睡蓮長得慢，又細又長的柄，在水中飄搖，有時互相交纏，解了好久我才把它們拉開，像極了風箏的線，而風箏，正是頂端那錢幣大的葉片。小睡蓮，小小小，看起來不起眼，跟水中的雜草很相像，要是它能開朵花，漂亮一下，多好。每天上陽台看它，心裡都這樣期盼。大概開花的季節已經過了，它就是不結苞，不開花。

這天早晨，我卻發現一件更令我驚奇的事情——小睡蓮的心形葉片中央，有兩個半圓形的綠點。我伸出手指撥弄，那綠點居然黏著葉片，啊！是剛「出生」的另一株小小睡蓮。我打電話問花店的老

闆，才知道這是它的繁殖方式，眞是奇妙的小睡蓮。

從夏天到秋天，我每天上陽台看睡蓮，它們就在水中，在陽光下，寫著成長的故事，供我一頁一頁翻讀，我越看越喜歡，也看出許多趣味來。

香果

滑梯旁邊，種著兩棵香果樹。

每年初夏，枝頭剛結出淡綠的果子，就被饞嘴的孩子摘得只剩幾顆，點綴在樹梢。自從工友鋸了比較低的枝椏以後，香果樹的綠蔭更廣了，少了攀爬的枝椏，孩子只能站在樹下望「果」興嘆。

今年的香果結得特別多，一顆一顆白裡透黃，在綠葉間隱現。成熟的果子落在地上，霎時四分五裂。這幾天，果子越落越多，看

著實在可惜，果蠅也聞香而來，風一吹，綠蔭下就揚起一陣又一陣的果香。

我們找來一條床單，拉緊四個角，來到樹下，舉起長長的竹竿，對準枝頭輕輕一撞，果子就必必剝剝散落下來，我們拉著床單，仰起臉，前後左右的移動著。

「這邊！」

拿竹竿的一邊打，一邊喊，我們趕緊往前移動。

「這邊！」

我們又趕緊向後退。

果子落入床單，沒有什麼聲音，但是仍然有幾顆沒有接著，「啪！」的一聲，砸成一團稀爛。

圓圓的香果，有一股特殊的香味，果肉很薄，甜甜的，帶一點

澀，中間是空的，藏著一粒大大的種子。鄉間已經少見這種果樹了，市場裡也很難買到香果。我坐在樹下慢慢的嚼著，間或湊近鼻尖聞一聞，嗯，眞香！

這也難怪，它的名字就叫香果嘛！

拜訪水蓮花

遠方的朋友，對稀有植物很有興趣。

「聽說你那邊有萍蓬草，可不可以請你當嚮導呢？」朋友在電話中這樣問我。

「好哇！」我說。

山腳下的池塘裡，長了許多萍蓬草。池塘四周種滿竹子，密密的竹林好像綠色的屏障。必須穿過竹林，才能一睹池面的風光。

小時候，我經常跟隨富叔到那裡垂釣。記憶裡，池面除了耀眼的陽光，就是一株又一株漂浮水面的雜草。富叔收竿的時候，釣鉤不時勾住草莖。富叔對草莖露出那種痛恨的表情，至今我仍然記得。一直到前幾年，我才從報上得知那種雜草叫萍蓬草，它是一種瀕臨絕種的植物。

朋友把車停在涼蔭下。我帶他穿過竹林，來到池塘邊。放眼望過去，池面上一朵朵的黃色小花正盛開著，橢圓形的葉片像小小的睡蓮，靜靜貼在水上，幾乎鋪滿半個池面。朋友用相機不停的獵取鏡頭。

「漂亮嗎？」我問。

「當然。」朋友說：「它還有一個很美的名字，叫水蓮花。」

水蓮花，我還是頭一次聽說。我蹲下來，仔細的端詳。它，雖

然比不上蓮花的脫俗和幽雅，不過，它有一種野花野草的美。山腳下的泉水是它們的營養湯。它們守著池塘，世世代代繁衍，從我童年時候，甚至更早以前，一直到現在。別的地方早已經找不到它的芳蹤，它依然在這裡默默滋長。

我在村裡出生、長大，卻很少關心故鄉的景物。這次陪朋友來拜訪水蓮花，我心裡有一點兒慚愧，又有一點兒歡喜。盼望這裡的和風、陽光和山泉，永遠一樣好。這樣，萍蓬草就不會絕種。年年夏天，水蓮花也會開滿山腳下的池塘。

輯三 看小豬吃奶

蝶舞

春天，密密麻麻的雜花野草鋪滿了那塊空地。午後，沒有風，淡淡的陽光灑下來，我站在空地上，想起這兒冬日光怪陸離的景象，不禁深深感激大自然的孕育和恩賜。

空地上，最多的是咸豐草。大概土質不好，一株株，只有二三十公分高，白色的花瓣，中間簇擁著金黃的蕊，這裡一朵，那裡一朵，整塊空地都成了咸豐草花的天下。蜜蜂被吸引過來了，牠們站

在花朵上，把尖細的小嘴，伸進一支支的花蕊中。我蹲踞著，仔細觀賞蜜蜂採食的經過。小小的昆蟲，那麼勤奮，那麼努力，可眞令人著迷！

小白蝶也來湊熱鬧，一隻兩隻三隻……這朵花上停一停，那朵花上停一停，像一片片的小紙片，在低空中飄哇飄。並不是每隻都是白色的，偶爾，也會有一兩隻淡黃色的飛過來。牠們在花朵上停留的時間很短暫，輕輕碰一下又飄起來，碰一下又飄起來。牠們不像採花粉或吸花蜜，牠們是來賞花呢！多半時候，牠們都在空中飛著、飄著、舞著，一會兒你追我，一會兒我追你。牠們飛得很低，一直都在花朵的上方。

請別小看這小小的蝴蝶呀！牠們的身子輕巧而靈敏，跳起舞來，說有多美妙就有多美妙。我就看見一隻黃蝶和一隻白蝶，在我

的頭頂上並排飛著，一起轉彎，一起迴旋。不久，底下又飛來一隻白的，三隻滑著同樣的舞步，搖擺、轉圈，搖擺、轉圈，愈飛愈高；接著，又一隻白蝶搖搖擺擺飛上來。三白一黃共舞，動作一致，彷彿訓練有素的舞群。我目不轉睛的仰臉觀看，牠們大概聽到我娓娓發出的讚嘆，舞得更起勁啦！「舞台」又漸漸往上移了，飛過來又繞過去，盡情的搖哇擺呀！然後，一隻白的斜著翅膀緩緩飛下來，一黃二白仍在飛舞；然後，又一隻白的飛下來，留下一黃一白在飛舞；然後又一隻白的飛下來，獨留黃蝴蝶兀自舞著。最後，那黃的也飛下來了。牠們全都落到咸豐草花的上方，我已經分不清，哪四隻是剛才參加飛舞的蝴蝶了。

翩翩蝶舞，在暖和的午後演出，不知是歡迎春天的到來，還是慶祝咸豐草花的盛開？我眞幸運，沒有錯過這精采的一幕。

鷺鷥和我

春天的下午，我沿著防風林邊的小徑，慢慢的走著。午後的田園，靜極了，除了我，看不見一個人影。剛插下不久的秧苗，正欣欣滋長，大約距我兩百公尺遠的田裡，十幾隻白鷺鷥，正低頭覓食，遠遠望去，好似雪白的花朵，綻放在田野間。

我一邊盯著牠們，一邊往前走，牠們顯然發現了我，一隻一隻昂起頭，朝這邊張望，我立刻停止腳步，心裡喊著：別怕，我是來

看你們的，眞的，我沒有惡意……牠們仍然固定著相同的姿勢，有的側著身子，有的歪著頸脖，目不轉睛的看我，似乎在猜測我下一步會對牠們怎麼樣。雖然離得很遠，我還是感覺得出牠們心中的恐慌。牠們那樣定定的看著我，我沒帶獵槍，也沒對牠們揮趕、吆喝，還是得不到牠們的信任，我不禁有點兒難過。我不敢再動了。

我靜靜的看著牠們；牠們靜靜的看著我。彼此僵持著。可是，這樣站著不動，我漸漸忍不住了。牠們那樣一動也不動的看著我，大概也很累吧？我緩緩轉身，悄悄挪動步子，一步、兩步、三步……牠們看出我要離去了，昂起的頭開始擺動，有的俯下身子，有的悠哉漫步，仍有一兩隻「目送」著我。我回到防風林的入口，牠們才放心的覓食。

隔得太遠了，站在防風林的入口，只見田間散落著點點的白。

不能把牠們看個夠，我實在不甘心，也覺得不過癮。我想著其他的觀賞途徑，決定從防風林的另一邊前去。

我躬著身，躡手躡腳的慢慢接近，密密的枝葉，幫我擋住了鷺鷥們的視線，我的兩眼不時留意防風林那邊的動靜。嘻嘻，牠們並沒有發現我的前來，我暗自竊喜。隔著防風林，我們相距只有七、八十公尺遠，打樹林間隙望去，鷺鷥們身上披著的羽毛，在陽光下閃著耀眼的白，牠們神態自若，即使啄食的時候，舉止也是那麼優雅，牠們也許飢腸轆轆，可是，牠們不爭不搶，田裡一片寧靜祥和……

突然，一隻鷺鷥驚飛起來，接著一隻、兩隻、三隻……紛紛展翅，田間的寧靜祥和瞬間消失了。一定是自己不小心，暴露了蹤影，我不住的責怪自己，嘴裡喃喃的喊著：

「啊！不，我不是來趕你們的，我是來看你們的，你們回來呀……」

一會兒，牠們全都停在防風林對面的樹梢。我邁著踉蹌的步子，趕緊離開。

第一聲蟬鳴

我記得今年的第一聲蟬鳴，是從園裡的芒果樹發出來的。三樓高的芒果樹，前一陣子開滿了小花，卻一個果子也不結，只徒然披著一身墨綠，大概花開時節，春雨下得太多的緣故。沒想到，卻從那墨綠中傳來第一聲蟬鳴。

那是五月的一個黃昏，沒有風，空氣有點兒悶。我從球場走來，穿過通廊，剛踏入中庭鋪著花磚的小徑，耳邊忽然響起一聲

「唧漾——」尾音拖曳了幾秒，然後漸漸微弱、消失。不一會又「唧漾」一聲，這回只拖了一下尾音，接著就「唧漾唧漾」的大聲唱起來了。我駐足樹下，聽著這久別的蟬聲，心中充滿了喜悅。這隻在地下生活了十幾年的大熊蟬，慢慢的爬出了泥土，爬上了高高的芒果樹，選擇這樣一個五月的黃昏，發出牠的第一聲鳴唱，那是怎樣的一種心情呀？那沙啞而顫抖的歌聲，是因爲緊張和興奮哪！我想著，是不是該給牠一點掌聲和喝采？又怕驚擾了牠。我靜靜的站在樹下，靜靜的聽。

「唧漾唧漾……」

牠把來到人間的第一聲鳴唱，獻給了寂靜的庭園，獻給了我，那麼美，那麼好聽，那麼響亮，也彷彿告訴我：夏天，來了。

月光下的歌聲

清晨四點多，睡眼朦朧中，我被窗外的月光吸引了，漆黑的天幕上，月亮特別白特別亮，淡淡的雲彩，靜靜的在周遭停歇。清晨的天空，潔淨、安詳，有如一幅畫。

劃破寂靜的是一聲一聲的鳥鳴：

嘎啾！嘎啾！

嘎嘎啾……

……

多麼熟悉多麼親切的叫聲，穿透夜空傳來，顯得格外清晰。烏秋，我童年時代最欣羨最欽佩的鳥兒，像箭一般銳利，像閃電一般快速的烏秋哪！

我躺在床上，仔細諦聽，烏秋黑色的形影，不停的在我的腦海穿梭、飛翔，喔，記起來了，在茶園附近的樹林裡，在老家門前的電桿上，在田間的防風林梢，在收割後的旱田上空……曾經多次在秋收後的旱田，仰望烏秋和鷂鷹的纏鬥，每回鷂鷹都落荒而逃。小小的烏秋，自始就是我心目中的英雄，清脆、嘹亮的「嘎啾」，是牠勝利的歡呼。

看著窗外的月光，我猜想，烏秋一定站在對面營房的尤加利樹梢。白天，從我家頂樓望去，來來去去的鳥群，似乎告訴我，那高

聳的尤加利樹叢，是鳥兒的莊園。

月光下，烏秋的叫聲，少了一分高亢，多了一分柔和，我聽得出，那不是歡呼，而是月光下的歌聲。

黑色的烏秋，我童年時代的英雄，也有這麼美、這麼柔的歌聲，我眞有些兒不相信！在清晨的月光下，我靜靜的聽著：

嘎啾！嘎啾！

嘎嘎啾……

……

呵！燕子

嘰啾！嘰啾……

坐在客廳，耳邊傳來幾聲燕鳴，抬頭看窗外，啊！三隻小燕，兩隻站在巢邊，一隻站在雨棚上。三隻，一定是燕媽媽第二窩孵出的孩子。

三月的時候，燕爸爸燕媽媽就回來了，牠倆在舊巢上方，補了一些泥草，住了下來，接著生蛋、孵蛋、餵小燕，飛進飛出，忙得

不得了。牠倆一共孵了兩窩小燕，第一窩四隻，第二窩三隻。牠們學飛以後，就跟著爸媽四處覓食，每天總會回來幾趟，有時一齊回來，就在狹窄的巷道上空繞圈子。八月上旬的某一天，燕子卻突然消失了，黃昏，屋簷下少了燕語呢喃，還眞有點兒不習慣。天氣漸漸轉涼，想必牠們已經回南方去了。

但是，三隻小燕子，你們怎麼還在這裡？回來找媽媽？你們的爸爸媽媽哥哥姊姊，早在八月上旬就走了，你們沒跟著到南方去？噢，我知道了，一定是你們太貪玩，像野孩子到處遊蕩，沒跟上爸媽了。大家都回南方了，你們還在這裡，你們說，怎麼辦？

嘰啾！嘰啾……

巢邊的兩隻，交頭接耳，雨棚上那隻點著頭，牠們商量一會，說了幾句話，砰一聲，就朝屋簷外的天空飛去。

嘰啾……沒關係，沒關係，我們知道怎麼去……

我聽著牠們一邊飛，一邊這麼說，不禁嘆了一口氣，呵！貪玩的小燕子。

斑鳩的叫聲

「咕咕咕——咕！咕咕咕——咕……」

樹林裡的斑鳩，彷彿報時鐘，採茶時節，每天晌午都會準時叫我們回家吃飯。一聽見樹林那邊傳來斑鳩的叫聲，母親便停止採擷，吩咐我把茶袋拿來。常常，母親把簍裡的茶葉倒進袋裡，父親便從茶園那頭推著腳踏車過來了。

離茶園不遠，有一座寬廣的樹林，成排的杉樹和尤加利樹，筆

直的伸向天空。遠遠望去，一片墨綠，斑鳩的叫聲，就是從那邊傳過來的。

這天，父親終於答應帶我到樹林去。我們放慢腳步，輕輕踩著落葉，細碎的陽光，穿過樹葉間隙灑下來，變成點點的光圈；麻雀、烏秋和一些不知名的鳥兒飛上飛下，穿梭林間。我們躲在一棵粗大的尤加利樹後面，父親忽然揮手要我蹲下，然後指著右前方的相思樹叢。

啊！斑鳩。我差點叫出來。一隻斑鳩站在光禿的枝椏上，正歪著頸脖啄理羽毛。我凝神注視，牠的頸部有一圈黑白相間的短羽，好像掛了一串珍珠項鍊。牠輕跳幾下，就靜靜看著遠方，遠方是我家的茶園，母親正在那裡採茶，更遠的地方，是迷濛的山岡。

「噗！」

大概發現了我們，牠，穿過林間飛走了。林裡的鳥兒，也被牠拍翅的聲音嚇得驚飛起來。父親趕忙拉著我走出樹林。回到茶園，母親已經站在樹下等我們，我低頭一瞧，影子就在腳下。沒聽見斑鳩的叫聲，心裡有點兒惆悵。

第二天晌午，樹林再度傳來「咕咕咕——咕」的叫聲，我笑了，母親笑了，父親也笑了。

父親說：「樹林是鳥兒的樂園，還是少去打擾牠們吧！」

這以後，我很少再走進那座樹林。

鴨子的朋友

父親在屋後的水田邊，用竹籬圍了一個鴨圈。我家的鴨子每天在裡面玩水、吃飯和睡覺，看起來很快樂的樣子。

鴨子玩累了，就靜靜的躺在一起，扁嘴巴貼著頸脖。我經常從竹籬間隙觀望，牠們總是瞇著小小的眼珠，讓微風翻動白色的羽毛，好像不大理我。奇怪的是，鴨子一聽見母親的腳步聲，全都站起來了，還伸長脖子迎接：

「呷呷呷！」

「呷呷呷……」

牠們在歡呼。

母親把飼料倒進食槽，鴨子一擁而上，扁嘴巴爭相伸入食槽，窸窸窣窣咬幾口，又搖著尾巴去喝水。牠們的吃相不怎麼好看，穀子、飯屑掉滿一地。飽餐一頓以後，每隻鴨子的脖子下端，都鼓得像掛著大沙袋一般。

鴨子吃飽了，總會留下一些食物。守候在防風林裡的麻雀，這時候就會一隻一隻飛下來，撿拾散落的飼料吃。鴨子的心地可眞好，總是讓麻雀吃個夠。有一回，我還看見一隻松鼠坐在食槽裡猛吃呢！

原來，麻雀、松鼠和母親，都是鴨子的好朋友。

聽麻雀說話

冬天，太陽起得晚，麻雀一大早就來到我的窗前，唧唧喳喳，又叫又跳。只要是晴朗又沒有寒流的日子，牠們都是早起的一群。

今天早晨，被麻雀吵醒以後，我沒有推窗揮趕，反而躺在床上，靜下心來，仔細的諦聽：

「喳喳！」

「啾——」

「唧唧唧……」

牠們的叫聲並不是單純的「唧喳」而已，牠們確實在說話，那「喳喳」叫的一定是大麻雀，那「啾」的拖一長聲叫的是小麻雀。送報生的機車聲接近了，牠們的叫聲就變得短暫而急促。送報生走遠了，牠們又開始悠哉的交談。

麻雀眞是快樂的小鳥，不論春夏秋冬，每天早上起來，先互相寒暄，再分頭去找食物。吃飽了，又聚在枝頭談天說笑。上蒼賜給牠們輕巧的身子和翅膀，讓牠們到處飛翔，到處看風景。牠們的生活裡，才有這麼多談不完的新鮮事。想到這裡，我倒有些兒嫉妒牠們哩！

看了這麼多年麻雀，也聽了這麼多年麻雀的叫聲，今天早晨，我第一次感覺聽麻雀說話，是一件好玩的事情。

看小豬吃奶

小豬也跟人一樣，一出生就懂得自己找奶吃。

我喜歡看小豬吃奶，那眞是很有趣的鏡頭。母豬橫躺著身子，小豬立即圍過去，含著乳頭吸吮。如果奶水還沒來，牠們就會用嘴、鼻推擠豬媽媽的肚子，使勁的推呀擠呀！過一會兒，牠們全都靜下來了，幾乎同時從牠們嘴邊傳來嘖嘖的聲音。母豬也唔唔的哄著，好像告訴孩子：「奶水來了，吃吧！吃吧……」

小豬吃過兩三天奶，就知道固定吸吮同一個乳頭。也有腦筋特別差的，總是找不到屬於自己的乳頭，東爭西搶的，搞得秩序大亂，尖叫聲此起彼落。碰到這種「搗蛋鬼」，父親得多費神了。小豬吃奶的時候，他就蹲在旁邊，一遍又一遍的教牠，一次又一次的給牠找乳頭。

小豬吃飽以後，一隻挨一隻，躺在母豬懷裡睡了。牠們靜靜的睡著。有時候，這一隻尾巴搖一下，有時候，那一隻耳朵動一下，父親告訴我，牠們正在作夢哩！我猜想，牠們一定正作著甜蜜蜜的夢。

公雞喔喔啼

清晨，遠處傳來一陣雞鳴。一隻「咯—哥—嗝——」，從巷底傳來，沙啞而蒼老；一隻「喔——」，從馬路那邊傳來，高亢而有力。在靜靜的清晨，牠們輪著啼，一聲接一聲，好像互相唱和。現代的公雞，不再擔任司晨的工作，牠們啼叫什麼呢？牠們是朋友嗎？每天一早，沒有嘈雜的車聲、人聲，牠們互相問好、寒暄，大聲的交談，給散居各個角落的雞們聽，這該是牠們一天中最愜意的

時光。雖然相隔兩地，上天卻賜給牠們一副好嗓門，長長的啼聲，拉近了牠們的距離。

在這幾百戶的大社區裡，仍有不少人家養雞，這些雞也夠可憐，牠們住在樓頂的木屋裡，或樓閣的鐵籠中，連翅膀都沒法自在的展開，更甭說蹦跳了。住在樓頂還好些，偶爾還看得到一角藍天。要是住在樓閣裡，那就終年不見天日了。

相比之下，我小時候母親養的雞，就幸運多了，每天破曉時分，就咯咯咯的吵著要出去玩。母親一拉開雞圈的木門，牠們霎時飛著跳著往門外衝，那情景就像孩子下課時那般雀躍。寬闊的田野，是牠們的樂園，牠們四處散步、玩耍、覓食，快樂極了。那時的公雞，可神氣多了，頂著紅紅的雞冠，昂首闊步，頸子和尾部的羽毛，閃閃發亮，鴨、鵝、母雞和小雞，打公雞身旁走過，都要看

牠幾眼。

現代的公雞，住在鐵籠或小木屋裡，怎麼顯威風呢？住在樓頂的，看得見藍天，也只能用嘹亮的嗓子，跟遠方的朋友談天了。牠們很大聲的談「天」——無垠的天空啊！白白的雲朵啊！自由翱翔的飛鳥啊……每天，牠們說著天上的風景，像說著一個一個的故事，全社區的雞們都聽得到。看不見天空的雞們，聽一聽，心情也會比較愉快，今天清晨，我就聽到兩隻公雞這樣說，一聲接一聲：

「咯—哥—嗝—你好嗎？」

「喔——我很好！」

「咯—哥—嗝—白雲飄喲……」

「喔喔—鴿子飛喲……」

「……」

水裡的朋友

從花店買回一個圓形的陶盆，我在裡面種了兩株睡蓮，老闆告訴我：「假如怕蚊子下蛋，你就養幾條大肚魚吧！」我到老家的池塘撈了五條小小的大肚魚，急急忙忙送回家，看著牠們驚慌的從塑膠袋滑入陶盆，我有點兒擔心，從寬廣的池塘，來到這窄小的盆裡，牠們住得慣嗎？

沒幾天，小睡蓮開始抽出新芽，蜷曲的葉子，浸在水中，慢慢

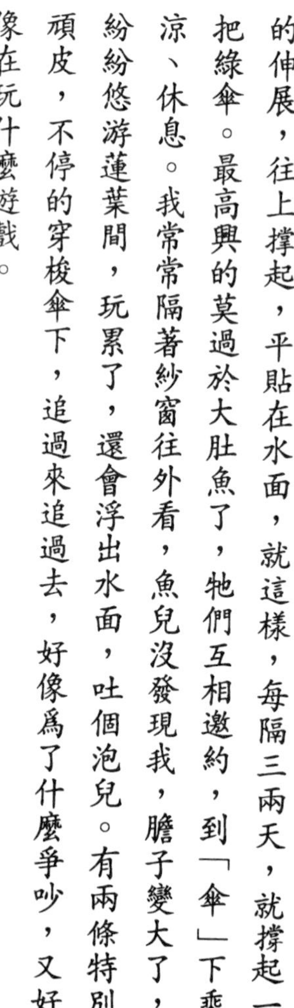

的伸展，往上撐起，平貼在水面，就這樣，每隔三兩天，就撐起一把綠傘。最高興的莫過於大肚魚了，牠們互相邀約，到「傘」下乘涼、休息。我常常隔著紗窗往外看，魚兒沒發現我，膽子變大了，紛紛悠游蓮葉間，玩累了，還會浮出水面，吐個泡兒。有兩條特別頑皮，不停的穿梭傘下，追過來追過去，好像爲了什麼爭吵，又好像在玩什麼遊戲。

盆裡最討厭的要算青苔了，它們沿著陶盆的內緣鋪著，也在睡蓮的葉柄和葉片間，互相拉扯、連結，陽光越強，它們長得越快。我拿了一支細竹棒，在水中捲動，又細又長的青苔，立刻像棉花糖似的捲成一團，黏在棒上。這些日子，捲「棉花糖」倒成了我晨間例行的工作，蹲在陶盆前，一手輕輕的捲動，兩眼梭巡著盆裡的大肚魚，天還不怎麼亮，晨曦也還沒灑過來，我睜大眼眸，仔細的

找，就是找不齊，有時，找了老半天，只發現三條的影子，心中不禁狐疑，是不是昨晚被野貓吃了？儘管找得很辛苦，有時，大肚魚也會曇花一現般的全體亮相，似乎告訴我，牠們一直安然的活著。

這五條大肚魚實在太小了，雖然我只是輕輕的移動葉片，輕輕的敲擊陶盆，不過，每次找到牠們的時候，牠們都帶著驚恐的表情，定定的看著我，魚兒內心的惶恐，恐怕不亞於世人遭遇的颱風或地震哩。我想，還是盡量不驚擾牠們好些。

現在，每天一兩回，我上樓看牠們，魚兒在水裡，我在盆外，我跟牠們隔水相看，像探望我的小小朋友。我想，時間久了，魚兒也一定會把我當做朋友。

玩沙的鳥

隔著紗窗，從樹葉間隙中，我瞥見一個小影子，在矮牆頭輕輕跳動。嘿！看清楚了，是一隻小麻雀，不聲不響的跳著。風很小，陽光照著高高低低的盆景，馬拉巴栗的葉子，想要把陽光都接住似的，紛紛張開手掌；橡膠樹、聖誕紅和鵝掌藤，都還綠著。在麻雀的心目中，這個種滿綠色盆栽的小陽台，該是一座小小樹林呢！

小麻雀跳上九重葛的枯枝，轉動烏溜溜的眸子，探頭探腦，我

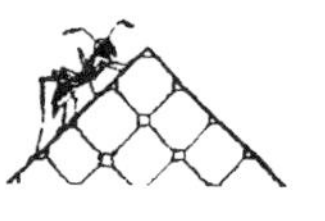

閃開些，牠才放心的跳下來，低頭在盆裡篤篤啄食，啄些什麼呢？盆裡只有泥土和落葉，啄了一陣，牠飛到鄰近窗櫺的荷花盆上，離我更近了。牠也愛陽光下盛開的小白蓮嗎？還是想跟水中的小魚打招呼？

「哐！」一聲，鄰家的鐵門開了。小麻雀嚇一跳，衝上屋簷，一會兒，俯瞰陽台的景物，一會兒，盯著鄰家主人曬棉被，好像還不想離開的樣子。等鄰家關上鐵門，牠又蠢蠢欲動了。陽台上，已經沒有可口的食物了，小麻雀呀！你還留戀什麼？如果你肚子餓了，飛過這個社區，越過大池塘，就有一大片油菜花田，那兒的種子、小蟲兒，夠你吃個飽，別傻傻的守著這陽台啦……我小聲告訴牠，牠在屋簷來回走動，我以爲牠聽到了我的勸告，小麻雀「撲——」的張開翅膀，牠，居然飛進荷花盆旁邊的方槽。槽裡，堆滿

我家增建三樓留下的沙子。牠蹲在沙上，抖動翅膀，啪啦啪啦的拍著，大概覺得不過癮，身子往方槽中間挪動，牠又啪啦啪啦的拍著，掀起淡淡的塵埃，沙粒潑到盆外，發出沙沙的聲響。細細的鬆軟的沙子，滑過頸窩，滑過翅膀，一定比清涼的溪水流過我的胸膛，更舒服。從小麻雀的神情中，我看得出來。

原來，小麻雀戀戀不捨的是，方槽裡的沙。前幾天，我才怪怨小烏龜把槽裡的沙，潑得滿地都是，顯然我是錯怪了。

啪啦啪啦……

沙沙沙……

小麻雀盡情的拍著、玩著，用沙子洗澡。

清掃沙粒，雖然煩人，不過，看小麻雀玩得這麼高興，我決定留下槽裡的沙。

螞蟻記事

從小到大，我最熟悉的昆蟲，要算螞蟻了。屋裡、屋外、廚房、牆角、地板、餐桌……到處都有牠們的蹤影。

我對螞蟻產生好感，是在童年時候。那時居住鄉間，每天在竹林的涼蔭下玩耍，我和地面走動的螞蟻成了好朋友，螞蟻找尋食物的過程，雖然不是很曲折，但是從觀賞中得到的樂趣，卻使我深深著迷。只要拿一小片麵包或蜻蜓、蝗蟲的斷肢當餌，就能夠觀賞全

程，從發現、試搬、回巢報告、蟻群出動、合力搬運……彷彿迎神賽會的隊伍，浩浩蕩蕩，每一隻螞蟻都興奮得手舞足蹈似的。有時，我想捉弄牠們，趁發現食物的螞蟻興匆匆回去通報的時候，故意移開食物，等牠領著大批「人」馬前來，卻遍尋不著，只見那隻螞蟻急得團團轉，我似乎聽見牠一邊找一邊喃喃的說：

「剛才明明在這裡的……剛才……」

耳邊彷彿又傳來一些細微的責怪聲：

「你做白日夢吧？」

「你謊報喔！」

我暗自竊笑，不過，想到那隻螞蟻的狼狽和焦急，又覺得自己太過份了。

螞蟻的世界很大又很小。童年，我幻想的翅膀，就這樣不停的

在那裡翱翔。

我開始討厭螞蟻，是因爲牠進駐我家的碗櫥。當時的農家，沒有冰箱，也沒有烘碗機，剩飯、剩菜、洗淨的碗盤，統統擺在碗櫥裡，勤勞的螞蟻沿著櫥腳爬上來，再從隙縫鑽進去。碗裡的湯，如果味道好，牠們就沿著液體的邊緣圍一圈吸食；盤裡的菜，如果合牠們的胃口，牠們就不客氣的抬著走；罐裡的砂糖，只要蓋子沒旋緊，牠們就有法子擠進去。

母親煮的湯，母親炒的菜，常常漂浮著像黑芝麻的蟻屍。吃飯前，先拿湯匙把「黑芝麻」一一撈起，等清除乾淨，食慾早已消失大半，我有時甚至會怪怨母親這麼粗心，而母親總是滿臉歉疚的笑著說：「我也不知道是哪裡來的呀！」

實在是螞蟻太多了。何況母親家務繁忙，哪有時間留意這小小

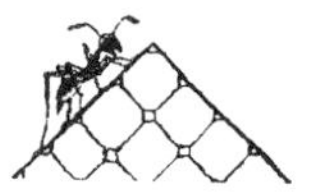

的昆蟲呢？

爲了阻隔螞蟻大軍的侵襲，我在碗櫥的四隻腳下，分別墊上水盤——一種四周凹下中間突起的圓盤，每隔幾天就加一次水。隔著「小壕溝」，除非螞蟻會游泳，否則很難爬上來。可是，螞蟻的本事眞不小，起風的日子，舊瓦房的屋梁間，經常飄下小小的碎屑或灰塵，掉進水盤，牠們馬上鋪成渡水的橋梁，即使我常常打著手電筒巡邏，還是沒法斷絕螞蟻的通路。不過，自從墊水盤以後，在碗櫥活動的螞蟻顯然減少了。打開櫥門，偶見三兩隻慢慢的爬動，我也睜一眼閉一眼。總覺得伸手將牠們搓死，是很殘忍的事情。我告訴自己，只要牠們不過份囂張，能忍則忍啦！

可是，牠們眞的太囂張了。有一次，我瞥見一隻令人噁心的小蟑螂，在碗櫥裡一閃而過，我趕忙把櫥裡的碗盤統統搬出來，接著

又把兩塊隔板抽出，這一抽，我被眼前的景象嚇呆了，那隔板的間隙，居然擠滿烏漆抹黑的蟻群，和一顆顆白色的蟻蛋，牠們有的忙著搬蛋，有的忙著疏散。我眞不敢相信我家的碗櫥，已經成了螞蟻的窩巢。我找來小掃帚，將螞蟻和蟻蛋掃進桶裡，再提往竹林下的落葉堆裡倒。我一直不清楚牠們什麼時候進駐的，一定是我的容忍助長了牠們的囂張，牠們夜以繼日的搬遷行動，我竟然毫不知情，甚至看不出一點端倪，看來，這些螞蟻是有點兒狡猾哩。

螞蟻被我強迫遷居以後，照樣爬上我的碗櫥。牠們不敢再來做巢了，因爲每隔幾天我就抽出隔板檢查一番。後來，我搬家了，心想：既然螞蟻那麼喜歡舊碗櫥，就留在老家隨螞蟻處置了。

新家也有螞蟻，是那種小一號的黃蟻。今天早晨，我吃早餐的時候，就看見兩隻在桌面走動，我一邊吃一邊看，牠們的小身子在

桌面慢慢的移動，一會兒走過來，一會兒走過去，像散步，又像找食物，那悠哉的樣子，彷彿世上再也沒有什麼叫人心急的事一般。我看著看著，連吃飯的速度也放慢了半拍。

從小到大，螞蟻的生活雖然給了我一些樂趣，給了我一些啓示，不過，我還是不大歡迎牠們來我家。

晚安！小蝙蝠

看過晚間電視新聞，上樓，捻亮書房的日光燈。突然，一團黑影從我的頭頂飛過，我扭轉頸脖，仔細瞧瞧，嘿！是你，一隻蝙蝠哪！

你在我的書房，一圈一圈的繞著繞著。我打開後門，心想，門外漆黑遼闊的夜空，最適合你翱翔，可惜，你好像不領情，又好像沒發現開著的門。我舉起書本，向你揮趕，你反而繞得更快，我猜

想你的心裡一定很著急，你卻傻傻的繞著，也不動動腦筋，變換一下路徑。靜靜的書房，靜靜的夜裡，你繞得我的心頭發慌，許多怪異的幻想，也在我的腦海浮現，我甚至把你想成惡魔的化身。這些年來，我對你們蝙蝠族的印象壞透了，大概電視看多了，卡通片或紀錄片裡，黑黑的大蝙蝠，吸著紅紅的血，是多麼多麼的恐怖！

好在你的體力充沛，數不清你繞了幾圈，我的頭都跟著轉暈了。你仍維持一定的速度飛繞著。只有一次，你的翅膀碰著我的書頁，你掉落在沙發上，大約兩秒鐘的時間，你又鼓動翅膀，歪歪斜斜的飛起來，一會兒就恢復正常了，就在你掉落沙發的剎那，我總算看清楚了你的模樣，啊！小蝙蝠，你小小的不怎麼好看的臉，薄薄的翅，畏縮的身子，看起來真是楚楚可憐，你，一點也不恐怖哇！我覺得很抱歉，我並沒有惡意，只想讓你趕快找到出路，飛出

這個空洞而沒有一隻飛蛾或金龜子的書房。

你到底怎麼進入我的書房的？我一直覺得納悶。三樓的窗戶都裝有紗網，鐵門也是，除非你從鐵門下端的隙縫鑽進來，那僅有一公分寬的隙縫，要貼著地面才能爬得進來呀！也許，你一直就住在我家三樓，那堆滿雜物和運動器材的三樓，沒有隔間，晚上，我睡了，你醒來，一邊飛，一邊用你的嘴巴發射音波追捕蟲子；天亮了，我醒來，你又回到某個角落休息……

你們蝙蝠族一向晝伏夜出，喜歡在暗夜裡飛翔，找尋蚊蟲果腹。我的書房燈光明亮，你來，我不怪怨你的莽撞，不過，我倒懷疑你是神經錯亂，或者超音波失靈，不然，怎麼會出現這種反常行爲呢？

我很懷念老家的三合院。夏天或秋天的黃昏，太陽下山了，我

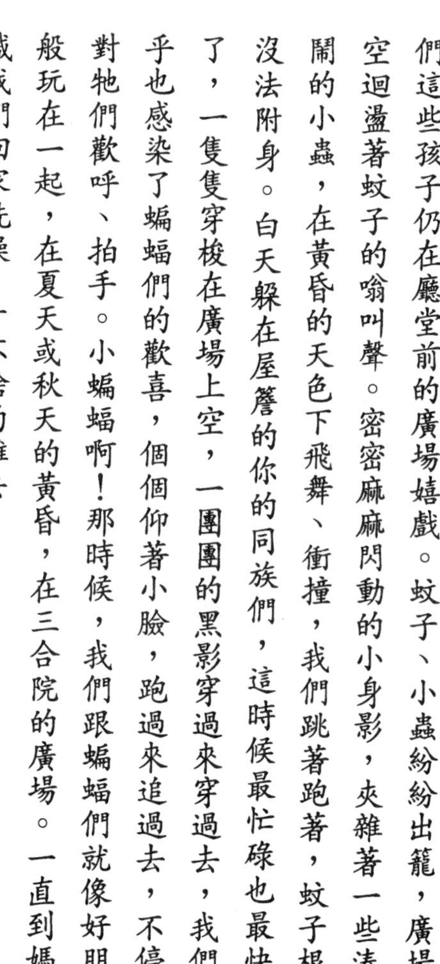

們這些孩子仍在廳堂前的廣場嬉戲。蚊子、小蟲紛紛出籠，廣場上空迴盪著蚊子的嗡叫聲。密密麻麻閃動的小身影，夾雜著一些湊熱鬧的小蟲，在黃昏的天色下飛舞、衝撞，我們跳著跑著，蚊子根本沒法附身。白天躲在屋簷的你的同族們，這時候最忙碌也最快樂了，一隻隻穿梭在廣場上空，一團團的黑影穿過來穿過去，我們似乎也感染了蝙蝠們的歡喜，個個仰著小臉，跑過來追過去，不停的對牠們歡呼、拍手。小蝙蝠啊！那時候，我們跟蝙蝠們就像好朋友般玩在一起，在夏天或秋天的黃昏，在三合院的廣場。一直到媽媽喊我們回家洗澡，才不捨的離去。

喔，自從我搬離窮鄉僻壤的鄉間，就再也不曾見過蝙蝠的形影了。難怪你的來訪，會令我這麼驚奇。今天晚上，不管你是怎麼來的，都算是我家的稀客。但你這樣慌張的飛繞，實在叫我不安，你

是想告訴我什麼嗎？

我站在書房中央，你從我的耳邊繞過，一次又一次，終於，阿彌陀佛，終於有一回，你頓悟了，轉身飛向門外漆黑的夜空，我追過去，沒有看見你的影子，我輕輕的揮手，迷濛的天際，有幾顆星子不停的對我眨眼睛。

夜，漸漸深了。晚安，小蝙蝠，祝福你有一個愉快的夜晚。我對著夜空呼喚，悄悄的關上書房的後門。

老家的貓

從我有記憶開始，家裡一直養著貓，不過，都是養來嚇老鼠、捉老鼠的，應該稱做家貓。

崗背人家爲了防止老鼠偷襲倉庫裡的穀子，幾乎家家都養貓。我還記得母親帶我去外婆家玩，外婆經常送貓給母親。跟母親搭車回家，麻袋裡的貓總會不習慣的喵喵叫，全車的乘客都把目光投過來，那尷尬的情景，我早已司空見慣，也就不以爲忤，只是我一直

不懂，家裡爲什麼有那麼多的老鼠？

母親不僅跟外婆要小貓，還經常跟上屋或下屋的親戚要小貓，每次母親都會到小店買兩斤紅糖，當做謝禮。小貓帶回家，母親就在貓脖子繫上繩索，然後提著貓耳朵，繞桌腳三圈，口中念念有詞，母親說這樣小貓才會喜歡這個家。爲了防止小貓逃跑，初來的小貓，都用繩索綁在桌腳，小貓只能在桌腳四周活動，等習慣了，才解去繩索。

哦，我忘了告訴你，母親爲什麼不停的跟別人要小貓，講起來眞令人傷心，只怪老鼠太多了。那幾年，鄰長每隔幾個月，就從鄉公所領回毒鼠的餌，分給左鄰右舍，結果毒死了一些老鼠，不幸的是，我家的貓抓了中毒的老鼠果腹，也跟著一命嗚呼了。物換星移，老貓走，新貓來，我家的貓眞是異動頻繁呢！只是，那些走了

的貓，全都上了天國。

因爲家裡一直養著貓，有時，貓「走」了，新貓還沒找到，家裡少了貓咪的叫聲和影子，還眞不習慣。母親找到新貓了，我比誰都高興，每天都要蹲在桌旁逗弄一番，每天我都會到溪邊釣一些小魚，拌飯給貓吃。

崗背人家養的貓，叫聲好像特別響亮。別家的貓過來侵占地盤的時候，彼此總是齜牙咧嘴的拱起背板，互別苗頭，看起來格外凶猛。最怕牠們三更半夜在屋頂上吵起來，那種喵嗚喵嗚的吼聲，愈叫愈拔高，淒厲的吼叫聲在屋頂繚繞，聽得床上的我，不禁毛骨悚然。

我家的貓倒很少爬上屋頂。晚上，守著穀倉；白天，閒著沒事做，就躺在灶沿的平台上，瞇著眼睛小憩。那平台靠近灶口，是家

中最暖和的地方，冬天的黃昏，我看見貓兒舒服的在平台躺著，心口也彷彿有一股暖意緩緩升起……

貓，實在是一種溫柔、乖巧而乾淨的動物，即使是養在窮鄉僻壤的家貓，也一樣討人喜愛。那溫暖的貓背，曾經留下我多少甜蜜的幻想與回憶啊！

阿咪

我坐在書桌前寫稿，阿咪靜靜的躺在藤椅上，底下墊著淡青色的墊布，一臉嬌柔的模樣。

新年假期，女兒韻琴把阿咪從宿舍帶回來。北上那天下午，臨出門前，她藉口快搭不上班車了，交代我兩聲，便匆匆忙忙離開。就這樣，阿咪住進了我的書房。

白天，我上班，整個書房變成了阿咪的天下；晚上，十點以後

我睡了，書房又成了阿咪的世界。我的書房簡單而樸素，幾個書櫥，一部電腦，一套老沙發，一張藤椅和一張小小的寫字桌，桌上散落著紙筆等文具。阿咪不會看書，我擔心牠在書房太無聊，找來彈珠和小球，給牠當玩具。

自從我搬離崗背的老家，就不曾再養過貓，雖然偶爾也會憶起過去與貓相處的溫情，但是很快就被煩冗的俗務沖淡了。飼養貓、狗一類的寵物，對我來說，似乎是很奢侈的事情。

阿咪走入我的生活中，實在出乎我的意料。不管我是不是歡迎牠，牠就這樣住下來了。阿咪可不比老家的家貓，牠的身上披著雪白的毛髮，柔軟而蓬鬆，銀色的鬍鬚，往外翹著，兩顆眼珠骨碌碌的轉動。從牠在地板、椅子或書櫥上躍動的英姿，和牠逗弄小物品時的靈巧，可以看出阿咪仍具有貓的本能，可惜，牠已經變成一隻

寵物貓了。

阿咪不必捉老鼠就能夠溫飽，牠吃的是一顆顆帶有腥味的飼料。香噴噴的貓砂，裝在一個矮盆裡，那是牠拉屎屙尿的地方。每天早晨，我用鏟子挑取沾著砂粒的貓屎，倒入垃圾袋裡，嗅著鼻間飄過的淡淡屎臭，阿咪卻在腳邊耳鬢廝磨，一副事不關己的模樣，心裡倒有點討厭這隻只會吃喝拉撒的寵物貓。

阿咪是一隻母的波斯貓，牠住在我的書房，並不如我想像的乖巧、文靜。在寂靜的夜裡，隔著厚厚的木門，阿咪做些什麼，我不知道，倒是住在樓下的母親，滿臉疑惑的說：

「這幾天睡到半夜，都聽到樓上有什麼東西在滾動，一下子咕嚕咕嚕，一下子喀拉喀拉……」

「沒有啊！我在樓上都沒聽到。」

我裝作不知情，趕緊上樓把散落在地板的彈珠和小球收起來。我不敢告訴母親。要是讓她知道我在樓上養了一隻寵物貓，她不嘀咕老半天才怪。

一轉眼，阿咪已經住了一個禮拜了，原先怕牠會把我的書房弄髒弄亂，我的擔心顯然多餘。只有一晚，牠跳上書櫥，踢翻了我的一塊獎牌，當我瞥見那塊獎牌裂成三片攤在地板上的時候，我眞的有點生氣了，伸手拍了一下阿咪的背，阿咪受了驚嚇似的跳開，轉過身子，莫名的看著我，不知怎的，我竟有些後悔那樣拍牠的背。

阿咪還喜歡咬我的筆。好幾次，寫字桌上的黑筆、紅筆被牠搬下來玩，其中一枝有著透明膠桿的原子筆，是牠的最愛，我把它拾回桌上，離座一會兒，阿咪又將它咬到地上玩，我每天都得撿拾那枝原子筆好幾回。也許，牠的前世是一個作家呢！我這樣想著，便

乾脆把那枝原子筆送給牠玩了。

韻琴打電話回來，問起阿咪的近況，還說快放寒假了，要把阿咪還給同學，我聽了，心頭卻不禁湧起一股不捨之情。

趁著阿咪還沒離開，多欣賞一下牠的儀態和姿容吧！我這樣告訴自己。

陽台，小龜的家

陽光垂直的灑下，沒有一絲風，有些盆景的葉子已經垂掛下來。天氣這麼熱，小龜躲在哪裡？雖說牠的生命力很強，但是，這樣的酷暑，對牠也是一種挑戰呢！

去年夏天，女兒帶回一隻小烏龜，黑褐的龜甲，只有十元的硬幣大，養在一個圓形塑膠缸裡，大概不習慣這個新環境，小龜始終縮著四肢和頭尾，浸在水中。

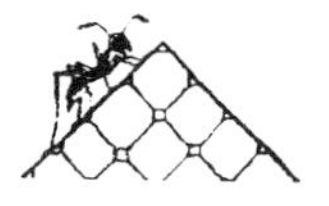

塑膠缸擺在三樓靠窗的書桌上，那裡可以窺探藍天，也可以伸長頸子，看一看窗外陽台的風景。可是，牠來我們家的第二天，竟從缸裡遁逃了。滑溜的缸壁，牠怎麼爬過的？高高的書桌，牠怎麼一躍而下的？我一直懷疑牠天生具有特異功能，找遍三樓的每個角落，都沒找到牠。一個落雨天，我隔著窗子，觀賞陽台的盆景，竟意外發現遁逃多日的小龜，正悠哉的漫步雨中，脖子伸得長長的，好像對著雨點兒歡呼。我想，既然小龜喜歡陽台，就讓牠在這裡住下來好了。

陽台是小龜的家，一年多來，小龜就住在陽台上，這裡沒有小水池供牠游泳，也沒有魚蝦陪牠玩耍，小龜好像認命了，總是靜靜的守著陽台，躲在盆景撐開的綠傘下，過著與世無爭的生活。

我家的陽台不大，盆裡種的盡是觀葉植物，只有兩株九重葛，

每年會開一兩回紫花。小龜大概不會覺得孤單，因爲小橡樹的枝椏間，常有綠繡眼跳躍的蹤影；麻雀們也喜歡站在牆頭談天；花盆下更是蝸牛和螞蟻的天下。小龜和這些陽台上的朋友在一起，一定很快樂。

右邊的牆角，比較陰濕、隱密，還有仙人掌的綠莖，在上頭縱橫交錯。多半時候，小龜都在那裡休息和進食。

有時，工作忙，十天半月沒見小龜一面，甚至忘了牠的存在。忽然想起來，我會直奔三樓，先察看陽台的角落，若是沒看到牠，我就將大大小小的盆景，來個乾坤大挪移，直到見了小龜，我才放心。一年多來，爲了看牠，我挪移過三四次盆景。我的擔心顯然多餘，歷經了寒冬和酷暑，牠一直活得好好的。

今年的夏天特別熱，每天黃昏，我都用管子爲花木澆水，也爲

小龜沖一沖涼。過一陣子，秋風吹起，陽台的地板不再發燙，小龜就可以快樂的出來散步了。

嘎嘎

嘎嘎嘎！嘎嘎嘎……

聲音來自南洋杉的頂端，我抬頭仰望，啊！一隻大鳥站在樹梢。

從小到大，住在鄉下，田野間、竹林裡，常見的鳥兒不外麻雀、斑鳩和白頭翁。相比之下，這隻站在樹梢體型修長的鳥兒，的確「大」得令人另眼相看，牠，身長大約四五十公分，尾巴又長又

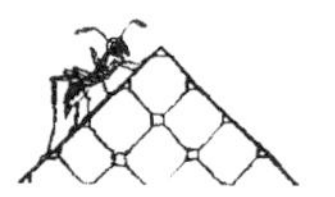

尖，披著黑亮的羽毛，翅膀下端和胸腹間則是一片銀白。那棵獨立的南洋杉很高，因爲隔得遠，我沒法看清牠的容貌。牠並不怕人，不像那些聒噪而膽小的麻雀，人們一走近，立刻一哄而散。牠悠哉的站著，看著遠方，看著天空的雲彩。我在樹下徘徊，從各個角度欣賞牠的儀態。牠也毫不在乎，固定著同樣的姿勢，讓我看個夠。也許，牠知道我不是獵人，牠還發出類似歡迎的笑聲哩！

嘎嘎嘎！嘎嘎嘎……

聲音有點兒粗，不怎麼好聽。牠是高興的，我聽得出。春天，這麼溫暖的風和陽光，這麼美的花朵和綠芽，誰不歡喜？

午後，我在校園西北角的相思湖畔，又發現牠的蹤影，不，是牠的叫聲吸引了我。我的視線穿越稀疏的樹葉間隙，找到牠的時候，牠正歪著頸脖，輕輕啄理羽翼，牠是不是早上那一隻？我正感

到疑惑，另一個黑影忽然落在相思林梢。又飛來了一隻。牠們也許是朋友，也許是好伴侶，一同出遊，一同向人間傳播春臨大地的好消息，這是多麼快樂的事啊！

鐘聲響了，牠們雙雙展翅飛起，飛飛飛，低低飛，然後降落在操場的紅色跑道上。遠遠望去，兩個黑點急速的移動，走沒幾步，又飛起來了。我目送牠們消失在遠方，好像送走一對剛認識的朋友，有些歡喜，又有些惆悵。

嘎嘎。我這樣稱呼牠們。明天，牠們會再來嗎？

晚上，我坐在書桌前，爲了主編散文選集的事，打電話向一位十多年沒聯絡的女作家邀稿。我問起她的近況，她說她正忙著賞鳥，我趕緊向她請教，她聽完我的描述，告訴我，喜鵲的顏色黑白分明，叫聲不怎麼好聽，總是嘎嘎嘎的叫著。聽她這麼一說，我終

於確定校園裡飛來的是喜鵲。

曾經讀過許多詩文，裡頭的喜鵲，一直是吉祥的象徵，就是不曾親眼看到喜鵲的眞面目。年少的時候，每回讀到那些詩文，腦海就浮現一隻幻想的喜鵲，牠的身子小巧玲瓏，叫聲清脆悅耳，還有五彩的羽翼……噢，跟我今天目睹的喜鵲，怎會相差這麼遠呢？

看鵝

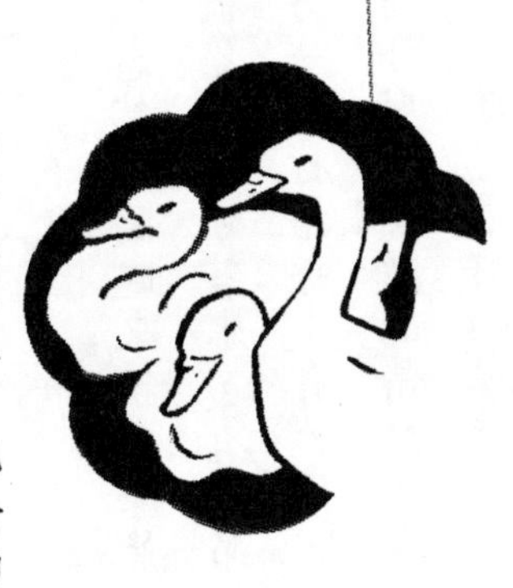

朋友帶著攝影機從城裡來，說要拍一段鵝群戲水的帶子。我告訴他，這裡早已看不到鵝了。

朋友露出失望的表情。

「不過——」我說：「我知道哪兒有。」

我坐上朋友的車子，沿著公路走，約莫二十分鐘車程，我們來到一個以鵝肉聞名的村莊，就在路旁，我瞥見池岸的沙丘上，好像

有許多鵝躺在那裡。遠遠看去，只見一團團的灰，和一團團的白。

我們走向岸邊的鐵皮屋，喊了幾聲，沒有回應，倒是鐵籠裡的黑狗朝我們猛吠。一會兒，主人出來了，我向他說明來意，主人很高興，抓起長竹竿，沿著岸邊的沙丘揮趕。躺在那裡的鵝受到驚擾，紛紛爬起來，一隻一隻跳進池塘。

「嘎——嘎！」

「嘎……」

冬天的池塘忽然熱鬧起來了，像荒涼寂靜的港灣，一下子湧進許多小艇。牠們悠悠的划著水，有的昂起頭，不時左顧右盼；有的伸長頸子，跟另一隻打招呼；有的張開翅膀，拍起小小的水花……朋友忙不迭的錄下牠們美麗的倩影，我目不轉睛的欣賞著。

「每一隻鵝，都是最好的模特兒。」朋友說。

眞的，池裡的鵝，泳姿雖然不大相同，但是都一樣好看。牠們慢慢的移動，岸邊枯黃的芒草輕輕搖擺，襯著天光和雲影，這一幅冬景似乎特別的美。

有幾隻想上岸，主人又揮動長竹竿了。

「嘎——嘎！」

鵝的叫聲，有點兒嘈雜，聽起來卻十分親切。我彷彿又回到童年的鄉下，小河邊、草地上，到處都看得見鵝群的蹤影，趕鵝和被鵝追的情景歷歷在目。眞想不到，現在要看鵝，還得走這麼遠的路。

冬天，鵝也怕冷吧？當我們喝完熱茶，從鐵皮屋出來的時候，池面上，連一隻鵝也沒有了，牠們全回到沙丘上，靜靜的躺著……

洗手間一角

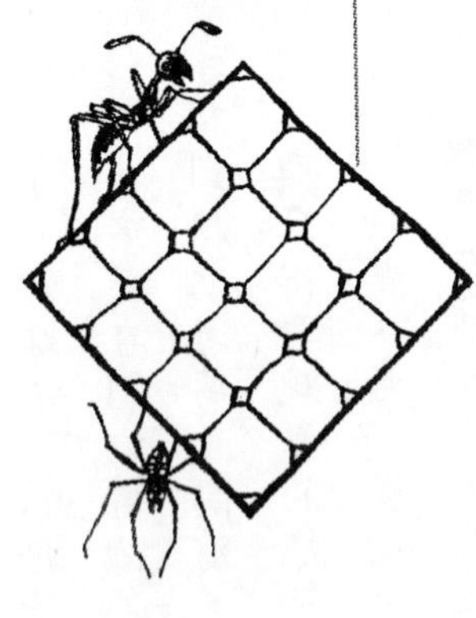

吃過早餐，我習慣上洗手間。

我家二樓的洗手間很窄，坐在馬桶上「嗯嗯」的時候，膝蓋幾乎碰著門板。低頭，腳邊是淡藍的方格子地磚；抬頭，眼前是褐色的門板，單調的色彩，實在沒什麼好看。倒是牆角的蜘蛛和螞蟻，陪我度過每天上洗手間的那段時刻，使我不會覺得太難受。

夏天的時候，我在右側牆角大約離地面十公分的地方，發現一

隻小蜘蛛正忙著結網，牠的身子比一粒黑豆還小，卻張著細長的腳，在網上伸縮、拉扯。其實，牠的網一直沒有成形，大概位置不好或年紀太小，只在門框邊的牆角拉著絲線，每天拉幾條，幾天以後，就靜靜的停在中央，好像告訴我，牠的網已經做好了，正等著美食送上門來。我暗自竊笑，小蜘蛛未免太天眞了，這樣的網，這樣的地方，能網住什麼呢？

天氣漸漸炎熱，另一種小動物出現了。蜘蛛網下的牆縫，居然有螞蟻的蹤影。細小的螞蟻，行動緩慢，老是在洞口徘徊，看來，牠們似乎很眷戀自己的家。只有幾隻爬到牆上遊蕩。偶爾，牠們找到好吃的東西，就前呼後擁的抬回家，興奮得要跳舞的樣子。我常想：二樓的洗手間，雖然沒有狂風暴雨，但是，牠們謀生可不容易呀！所以，有時候，我會故意在附近撒幾片餅乾屑，好讓牠們高

興。

蜘蛛在上，螞蟻在下，彼此井水不犯河水，倒也相安無事。

那小蜘蛛給人的感覺，就是太孤獨了，牠極少到四周巡察，也很少出外找朋友。我看到牠的時候，牠幾乎都縮在網中央，一動也不動；不過，牠的身體比起初次相見時胖了些，尤其那圓滾滾的屁股，還微微泛著油光哩！螞蟻總是那麼勤勞、忙碌，牠們從屋裡搬出一粒一粒的土塊，在門口圍了一圈，像在構築一座弧形的碉堡。

然而，這天早晨，我坐上馬桶，低頭一瞧，卻被眼前的景象嚇住了。螞蟻的門前，一片蟻屍，那慘狀跟戰爭片裡的橫屍遍野沒有兩樣。牠們的身軀大體完好，只是每隻都蜷曲著，周遭見不著一隻活動的螞蟻。

上頭的蜘蛛，靜靜的縮在網中央，一副事不關己的模樣。

牠們相約一起離開塵世?小蜘蛛是惡魔或老巫婆的化身?我想了好幾天，都找不到正確的答案。人間紛冗，小動物的世界也不單純哪！

輯四

赤腳去上學

夢裡的汽笛聲

那時候，我大概還沒上小學。

白天，我常常跟阿彬在防風林裡玩耍。阿彬喜歡當船長，他坐在樹幹上，一邊搖著搖著，一邊撮尖小嘴，發出咻咻的聲音，他說那是汽笛聲，船要開航了。阿彬的外婆住在港邊，他看過大船，也看過大海，眞令人羡慕啊！

晚上，我覺得有點兒孤單。父親到北部做工，要一兩個月才回

來。不過，我常常在母親的懷裡，進入夢鄉。

有時，很晚了，母親還在屋子裡忙，我獨個兒躺在床上，看著黯淡的燈火，聽著天花板上老鼠的唧叫，膽小的我，心裡眞是害怕。等到母親忙完家事，掀開被子一角上了床，我連忙弓著身子，像一隻小蝦，鑽進母親懷裡，那是我最溫馨甜美的時光。

偶爾半夜醒來，天花板上的老鼠早已歇息，鄉間的夜晚，靜極了，只有母親細微的鼾聲，一聲接一聲，傳入我的耳膜。

咻——咻——

我閉著眼睛，靜靜的聽。那細細的鼾聲，在漆黑中，在半睡半醒之間，聽起來格外悠揚，似在遠方，又似在耳邊，聽著聽著，我也隨著母親的鼾聲，在夢裡徜徉、優游。

咻——咻——汽笛聲穿透港邊的薄霧，一艘艘的小船，緩緩出

航了。母親牽著我，指著海上說：「看哪！小船要去捕魚，大船要去載貨嘍……」我興奮的揮動小手，船上的旗子在風中飄揚，海鳥飛上飛下，汽笛聲漸去漸遠……

隨著母親的鼾聲去看船，港邊的景象，鮮明的映在我的腦海裡。因爲幾乎每次都做著看船的夢，我就眞的以爲自己到過港邊。跟阿彬在防風林玩，我說著夢裡的汽笛聲，他談起外婆家港邊的船，阿彬搖著樹幹，搖著搖著，我覺得自己正坐著船兒，隨著母親悠揚的鼾聲，航向無垠的大海。

戴皇冠的那一天

卓仔是一個阿兵哥。我七歲的時候，跟隨母親到營房挑餿水，認識了他。

假日，他常常來我家玩。卓仔。卓仔。我這樣叫他，父親說我沒大沒小，要我叫他卓班長，不過，我還是習慣卓仔卓仔的叫，我覺得這樣比較親切。

有時候，卓仔會帶我去看電影，在貧苦的年代，這是很令我的

玩伴們羨慕甚至嫉妒的，可是卓仔只肯帶我去。我印象最深的是，有一回看完電影，卓仔跟戲院旁的小販，買了一串氣球給我，我們沿著空曠的馬路走回家，我的手裡拉著線，頭上飄著五彩的氣球，沿途吸引不少路人的眼光，我感到一股莫名的興奮，彷彿每個氣球裡，都裝滿了我美麗的夢想。走到半路，我們坐在路旁的石頭上休息，卓仔從我手中取下兩個像大黃瓜一樣的氣球，互相扭轉著，卓仔一邊扭一邊問我：

「你當我的弟弟，好嗎？」

「我……」

氣球在卓仔手上發出吱吱嘎嘎的聲音，有點兒刺耳，我不置可否的回答，不曉得卓仔有沒有聽到。一會兒，卓仔就變出了一頂帽子，他把它「卡」在我的頭上。

「嘿！眞好看。」卓仔笑著說。

當時我的身邊沒有鏡子，不過，我想我的模樣一定像個小王子，頭上戴的是小小皇冠。經過營房大門口，卓仔逕自回營去了，我就那樣戴著皇冠，拉著氣球，搖搖擺擺的走回家。這是我七歲那年最快樂的回憶。

卓仔。我只記得他的名字叫卓天化，他說他住在一個叫大埤的小鎮，至於他的長相以及那天看的電影，我一點印象都沒有了。倒是那串氣球，偶爾還會在我夢裡的天空飄哇飄。

阿太搬新家

我的曾祖母，我喊她阿太。

記憶中的阿太，圓圓的臉上，爬滿了很深很深的皺紋。母親說，我出生滿周歲那天，已經九十歲的阿太，忽然興起，拿著背帶執意要背她的第一個曾孫，母親怕她背著跌倒，趕快將我抱開。阿太氣得不吃飯，也不說話。後來，父親把我放在她的懷裡，讓她抱一抱，她才歡喜的哈哈笑起來。

我三四歲的時候，阿太經常恍恍惚惚的往外跑。家人擔心她到屋外亂闖，迷了路，把門閂著，阿太就拄著拐杖，拖著踉蹌的步子，在屋裡走來走去。有時，阿太靜靜的躺在老眠床休息，看到我在床邊玩耍，她就會爬起來，問我叫什麼名字，問完，忘了，又一遍又一遍的問，我就一次又一次的回答。一個落著毛毛雨的午後，家人都上工去了，阿太拉開門閂，獨個兒走出屋外，走到路口，經過池岸，在水溝邊滑了一跤，莊裡的人七手八腳將她抬回家，阿太好像沒怎麼樣。那天下午，母親煮了一大碗「麵線蛋」，給阿太壓驚，我還吃了一碗上面飄著蔥花的麵線呢！古老的土屋裡，春寒料峭的三月天，那碗麵線的滋味，我永遠記得，淡淡的香，有點兒糊……

隔些日子，許多親朋來到我家，他們圍在阿太床邊，靜靜的看

著阿太。我從人縫中，瞥見阿太兩眼微閉，平躺著，圓圓的臉龐，看起來很安詳，蓋在胸口的被子，微微起伏著。有人將手伸到阿太的鼻尖上，試探阿太吐出的鼻息。黃昏的時候，阿太就靜靜的離開了人世。

出殯那天，鑼鼓聲叮叮咚咚，熱鬧極了。墓地在村尾。我穿著寬大拖地的孝服，跟著母親去送葬。一路上，我特別興奮，來回都自己走，不用母親背。

想念阿太的時候，我問母親，母親總說：「你阿太搬到新家去了。」

問父親，他也這麼說，我聽了更加想念阿太了。我喜歡想像阿太的新家，紅牆綠瓦，亮亮的暖和的陽光，照著庭院的大紅花……這也是我夢想的家園。

很多年後，我才知道，那是大人編造的「美麗謊言」，阿太不是搬了新家，而是上了天國。

照片

照片裡有故事，也有回憶。我在曬穀場，爲母親拍過一張照片

老家門前有一個小小的曬穀場。夏天，稻子收割以後，母親忙著曬穀。她拿起耙子，先把金黃的穀子堆成一壟一壟的，每隔一段時間，就耙下一層，攤開來，讓穀子均勻的接受陽光的曝曬。從早晨掀開穀堆，到黃昏收拾成堆，這樣繁瑣的曬穀工作，總要持續好

幾天。

曬穀的日子，母親幾乎整天守在曬穀場邊，竹林下，散置著幾塊大石頭，那是她的座椅。風從林梢拂來，她吆喝著前來偷食的雞群和麻雀：

「喝！喝！」

聲音高亢而尖銳，常常嚇得牠們張皇失措，四處奔飛。

曬穀場的竹林下，留著母親太多的夢。坐在石頭上，她的兩手閒不下來。她用柴刀剁著乾枯的竹枝或樹幹；她把撿來的柴草，捆成一團一團的「草結」；她的腦海裡，也許還想著圈子裡的雞鴨，和田裡的瓜果蔬韭。不曾見識過人間美食和華服的母親，坐在竹林下，一些平凡而卑微的夢想，就夠她滿心歡喜了。

這天，母親站在老家門前的曬穀場，那時，已近黃昏，斜陽照

著她背後的駁坎，照著駁坎上那排防風竹林。我還記得，當我說要給她照相的時候，她先是囁嚅著不願意照，過了一會，她卻大方的面對鏡頭，留下了這麼燦爛的笑容。

照片中，母親背後已經收拾成堆的榖子，上頭覆蓋著黑色的塑膠布，周邊壓著磚塊和乾稻草，以防半夜被頑皮的風偷偷掀開。母親穿著粗布縫製的圓領短衫、暗灰色的裙子，背，微微駝著，兩邊嘴角上揚，也咧得特別大，露出一排整齊的牙齒。兩隻眼睛快瞇起來了，眼角及額頭的皺紋，清晰的浮現。

母親自幼在苦難中成長，歡樂的時候也不多。我在母親臉上，捕捉到了這麼自然、親切的笑容，實在彌足珍貴呀！照片已經泛黃，屈指算算，距離拍照的時間，也已將近二十載了。但願在天國的母親，心中永遠充滿喜樂，臉上也天天綻放著燦爛的笑容。

校長的船

吃過午飯，我們在港邊等候。老漁夫和他的孫子坐在碼頭上整理釣具，旁邊有一隻黑狗慵懶的躺著。我猛抬頭，瞥見前面有一艘小船，正慢慢的停靠岸邊，一個人影跳上來，身手矯捷的將纜繩綁在石柱上。那不是校長嗎？他正向我們揮手呢！（註）

校長的船不大，原來可能是小型的漁船，前面是駕駛艙，後面鋪著木板和軟墊，可供六七個大人乘坐。船，噗噗發動了，換上工

作服的校長，站在駕駛台前，兩眼凝視前方，他熟稔的扳著舵柄，那模樣好像是開船的老手。

天，陰了下來。海浪一波一波的向這邊湧著。因爲船身小，即使浪波不很大，仍然不時打向船舷。濺起的水花撲在臉上，好涼。我伸出舌尖舔一舔，好鹹。遠近起伏不止的波浪，眞像一座座會移動的小山。偶爾，大遊艇從旁邊經過，帶來一陣大浪，校長的船簸動得更厲害了。我有些心慌，可是校長很鎭靜。途中，他竟然把船停在海上，說要試一試手氣，於是從艙裡拿出絲線和釣鉤，將去殼的小蝦掛在釣鉤上，然後拋入海裡。

馬達兀自空轉著，任憑小船在海裡擺盪。隔了大約十分鐘，校長拉起成串的釣鉤，一條小魚也沒有。時候已經不早了，浪也大了些，校長回到駕駛台前，對準桶盤島駛去。

回程，校長讓我們分別試開一段。我掌穩舵，避開礁石地帶，船達達達的向前衝，我興奮的心情就像海浪起伏。小時候，常常夢想有艘船，載我航向天涯。開著校長的船，我彷彿又回到童年的夢裡……

校長的船沒有頂棚，沒有座椅，不過，我覺得校長的船眞好，來回將近兩小時的航程，搖得眞是過癮哪！

註：一九九六年，到澎湖參加研習，會後，主辦學校許校長開著他的小船，載我們同遊大海。

明月姑丈

每次經過路旁的裁縫店，我都看見一個身材高大的男人，站在店門口，瞪著大眼睛，盯視來往的行人，旁邊一排低矮的扶桑，把他的身影襯托得更魁梧了。上下學經過那兒，即使沒做什麼虧心事，我心頭都會不由自主的蹦蹦亂跳。我把這件事情告訴母親，母親哈哈笑著說：

「怕什麼？他是明月姑丈啊！」

知道他是我的遠房姑丈以後，害羞的我，也才敢壯著膽子，跟他打招呼。

「阿姑丈！」

上下學見了他，我都這樣大聲的喊，這是母親教我的。明月姑丈總是點點頭，表示聽到了。因爲幾乎每天都跟他打招呼，漸漸的，姑丈緊繃的臉，似乎鬆了些，雖然沒有笑容，不過，我不再對他畏懼三分了。怕什麼？他是我姑丈呢！我告訴自己。他是我姑丈呢！我也這樣告訴同學。在那個年代，有個開裁縫店的姑丈，畢竟是值得炫耀的呀！

我跟母親去過幾次姑丈的裁縫店。因爲姑丈是福州人，操著濃重的鄉音，母親聽不大懂，到他的店，母親多半去找月姑，月姑從工作台取過長尺，先量一量母親的肩寬，然後量一量腰身，母親總

會順便提起，上回那件哪裡太窄或太寬，給月姑參考，月姑接著攤開布料，一邊用白筆畫線，一邊跟母親閒話家常。我靠在母親身邊，覺得很無趣，就轉身看對面的明月姑丈燙衣服。

明月姑丈穿著白汗衫，站在平台邊，抓著蒸汽熨斗，在新裁製的衣服上推呀推，熨斗平穩的滑動，衣服上面升起濛濛的輕煙。姑丈的大手，好像掌著舵，熨斗小船，前進、後退，前進、前進、後退，走過長裙河，走過襯衫海，河海上一片白茫茫。等煙霧散去，姑丈把「船」推上岸，我發覺姑丈的臉上，滲出一粒一粒的汗珠。整天在白茫茫的水氣中工作，也很辛苦吧！難怪他一有空閒，就站在門口透氣。

有一天放學，走在路上，一個高年級的往後面扔石子，正巧打中我的額頭，我摀著額頭的「包包」，痛得哭起來，那個高年級的

仍裝作沒事般的，嘻嘻哈哈的邊走邊玩。站在店門口的姑丈走過來，問明了原因，只聽姑丈向前吆喝一聲，那高年級的霎時畏縮縮的回頭走，低著頭站在姑丈面前，姑丈瓜拉瓜拉的用福州話罵了他一頓，我額頭的疼痛才漸漸消失。呵，你知道嗎？那個喜歡欺負弱小的高年級生，從此以後，再也不敢碰我一下了。

明月姑丈常常站在門口，好像衛兵一般。崗背的孩子只要有什麼逾矩的行爲，他都看在眼裡。等家人到他店裡的時候，他總會叮嚀一番。我剛學會騎單車那一陣子，經常騎著父親的老爺車，從崗頂沿著下坡路，「咻——」的溜到街上，不必踩踏也不用煞車，讓風灌飽我的衣衫，又刺激又好玩，還有一種飛的感覺。也許速度太快了，經過姑丈門前，根本沒心思轉頭看，更甭說打招呼了。母親去拿衣服的時候，明月姑丈就當著我的面說啦：

「……你這囝仔，騎車衝得快呀！像飛一樣……」

這天晚上，母親狠狠的數落我一陣，並且不准我再動父親的老爺車。眞是多管閒事的姑丈！我在心裡罵著，嘀咕著。過了很久，我想通了，知道姑丈沒有惡意，才繼續跟他打招呼。

我到外鄉鎭念中學那一年，忽然傳來姑丈的兒子阿東，在門前的馬路被車撞了的消息。怎麼會這樣呢？明月姑丈不是常常站在門口盯著嗎？幸好傷得不重。唉！或許姑丈和他的家人，只是疏忽了一下。想想，眞是馬路如虎口啊！

發嫂和她的店

從街上的學校，走回偏僻的鄉下，沿途只有三家商店。過了十字路口是一家裁縫店，老闆是我的遠房姑丈；另外兩家是雜貨店，前一家的老闆叫毛紅仔，大人都這樣稱呼他，我們也跟著叫，他的年紀大約五六十歲，頭髮幾乎都白了。從大人的言談中，我們約略知道毛紅仔在後院開「茶店」，總覺得那是一間很怪異的店，除非父母陪著，我不大敢進去買東西。

倒是後面這家發嫂開的店，是我們放學時，經常流連忘返的所在。

發嫂的身材胖嘟嘟的，圓圓的臉上，始終帶著微笑。她的腳好像有毛病，走路老是一跛一跛的。她店裡的糖罐，一個挨一個，整齊的擺在一級一級的梯階上，散發出誘人的光彩。走過發嫂的店，瞥見店裡的糖罐，我的嘴角先湧起口水，接著肚子就咕嚕起來了。

三排橫擺的糖罐，加起來也有二、三十種。我們對著糖罐，指著要買這要買那，發嫂墊著椅子，站在裡邊，從上排的糖罐探出半個身子，一手拿紙袋，一手旋開蓋子抓糖果。糖果的種類雖然繁多，我們常買的不外方形的牛奶糖、像彈珠的金含糖、小酸梅、鹹橄欖和花生米。糖果、蜜餞，一塊錢五個；花生米，一小勺一塊錢。發嫂眞好，買一塊錢，總會加送一些。糖罐的後面，有一張方

桌，一有空閒，發嫂就坐在方桌前做紙袋，我們的舊課本、舊簿子，全都賣給發嫂。發嫂總是誇讚我們的簿本很乾淨，還說這樣做出來的紙袋，裝糖果比較衛生，其實，並不是我們疼惜課本，而是我們回家懶得翻書呀！

提早放學的日子，我們就留在發嫂的店裡，幫她做紙袋。發嫂教我們把拆開的書紙，斜斜的摺起一個角，壓平，在較長的那個邊，塗上漿糊，黏貼起來，就成了圓錐形的紙袋。我們圍著方桌，一個一個摺著、貼著，每次發嫂都會抓一把糖果，放在桌子中間，讓我們一邊貼一邊吃。那個年代的人們，生活都很清苦，在發嫂的店裡，就著昏黃的燈光，圍著方桌做紙袋，屢屢有一股溫馨甜蜜的感覺，從我的心底慢慢的流過。

有時，一邊摺一邊猜，猜手中這張紙，是來自哪個的簿子？有

時，一邊貼一邊找，找出紙上的錯別字，再彼此互相糾正。不用說，錯別字最多的，一定是阿生的了，不過，阿生做的紙袋，特別工整、好看，我倒偷偷羨慕他。

「天暗了，日頭落山啦！」

常常都在發嫂的催促中，依依不捨的放下手邊的工作。發嫂眞是好，要回家了，她送我們每人一勺花生米，還不停的吩咐著：

「下禮拜再來喲！」

「好哇！好哇……」我們都答得很乾脆。

踏著晚霞的餘暉，我們走一段路，就從褲袋掏出一粒花生米，扔進嘴裡，嚼嚼嚼。一路上，我都聞到口齒間飄出來的芳香。

發嫂的店矮矮的，裡面也不寬敞。大概發嫂的笑臉，看起來格外親切吧！村裡的人上街回來，經過發嫂的店，都會進去坐一下，

或跟發嫂閒話家常，或買些生活用品，難怪她家的紙袋用得這麼快。我的母親每次上街，都不會忘記到發嫂的店裡，買一袋酸梅給我解饞。我後來常常鬧牙疼，不曉得跟發嫂店裡的糖果，有沒有關係？

赤腳去上學

從我搖搖擺擺學走路，一直到國民小學畢業，除了過年那幾天，我幾乎不曾穿過鞋子。每天打赤腳，在田野、山岡追趕跑跳，偶爾穿鞋，反而覺得是一種束縛。那個年代的鄉下孩子，都是這樣長大的。

以前的冬天比現在冷多了。那時候，沒有交通車，鄉下的孩子都得走路去上學。我每天光著一雙腳，走五公里的石子路，到學校

上課。冬天，馬路兩旁鋪著一層薄霜，細細白白的，赤腳踩在上面，一陣冰冷綿延過背脊，全身便不由得顫抖起來，路，一定要走的，不走就到不了學校，只有咬緊牙根，踩下去，才能克服心頭那股子冷。踩踩踩，勇敢踩下去，沙沙沙，耳邊彷彿聽見冰霜在腳底融化的聲音。腳底是跟冬天最接近的地方，一路踩著，腳底愈來愈麻，尖銳的石子，刺著腳底，一點也沒有感覺，兩個腳掌好像不屬於自己的似的。

好不容易走到學校，乍然踏進校門口的水泥走廊，只覺得有股暖流襲上心頭，紅通通的腳趾，又溫又癢，我們這群赤腳上學的孩子，彼此打量著受凍的小腳，說一說腳底的感覺，赤腳上學的滋味雖然不大好受，我們卻自以爲這是勇敢的表現。

雨後，凹凸不平的操場，是我們這群赤腳大仙的天下。那些住

在街上的同學，腳上穿著乾淨的布鞋，只有站在一旁看的份。一窪一窪的積水，小腳一踢，水花飛揚，你的水花，濺在我的臉上；我的水花，濺濕你的衣裳，嘻嘻哈哈的踢著、追著、跑著，冬天就這樣被趕跑了。

我們最喜歡在雨後玩「滑溜地」的遊戲。在操場一角，選擇一塊沒長草的泥地，先潑一潑水，再用光腳丫把地面搓得滑溜溜的，然後大家在距離滑地不遠的助跑區，排成一列，一個接一個往滑地這邊衝刺，兩腳一踩上滑地，立刻側著身子，讓兩腳沿著滑滑的地面溜過去，看誰滑得最遠，看誰的姿勢最美妙。玩這種遊戲，膽子要大，身體的重心要穩。我的技術可好，每次一出「腳」，都能滑上十餘公尺遠，贏得不少喝采，只是有一回，一個閃失，跌個四腳朝天，屁股、背後沾滿泥巴，差點讓住在街上的同學笑破肚皮。

有一陣子，很久沒下雨了，這群赤腳大仙的腳癢了。一個大晴天的午後，我們相約到操場玩「溜滑地」，天空不下雨沒關係，我們借來幾個水桶，從洗手台把一桶一桶的水，提到操場傾倒，有人提水，有人搓地，很快就搓出了一塊滑地。開始「溜滑地」了，大晴天，太陽下，我們溜得特別興奮，怕滑地被太陽烤乾，大家爭先恐後的搶著滑，喧鬧聲引來了不少其他年級的觀衆，很不幸的，還把導護老師也吸引過來了，他探頭一瞧，大喝一聲，我們都怔住了。導護老師指著一地的泥濘，瓜啦啦罵了一陣。等氣消了，忽然問我：

「你是故意不穿鞋子上學吧？」

我搖搖頭。

他轉頭問阿國：「那你呢？」

「我……我不想穿。」阿國囁嚅著。

他又問阿田：「你呢？」

「我的鞋子，不見了。」

最後，導護老師板著臉說：「不管怎樣，明天統統給我穿來！」

那天回家的路上，我們都爲想不起鞋子藏在家中哪個角落而煩惱。第二天，我們還是不約而同的赤著一雙腳，到了學校，像老鼠一樣躲著導護老師，躲呀躲，過了三四天，直到導護移交了，我們才放下一顆忐忑的心。

其實，除夕前幾天，母親有時也會買新鞋給我，過年的時候，歡歡喜喜穿上三五天，洗乾淨，像寶貝似的收藏起來。平常沒有養成穿鞋的習慣，一年兩年過去，鞋子穿沒幾次，小腳長得快，套不

進去了，那雙鞋也就不能穿了。

赤腳上學，踩在草地上，踩在泥巴上，踩在石子上，多麼舒適，多麼快樂。冬天，雖然苦了些，不過，當做是一種考驗，也滿好的。我常想，以前每天踩著路旁的卵石上學，可是免費的「腳底按摩」呢！

掉傘天

念中學的時候，早晨出門，若天色陰沉，母親總會再三叮嚀：

「帶遮仔啊！」

帶傘上學，自己和家人都安心，可是如果用不上，反而成了一種累贅。以前，鄉下人買的，多半是陽春型的黑傘，像我家就有兩把大黑傘，平常除了上街上學，家人都捨不得用它。父親到田裡工作，多半穿簑衣、戴斗笠。這種大黑傘，傘骨不能伸縮，帶著上

學，書包再大也塞不下，必須時時拎在手中，眞是麻煩透頂的一件事情。

麻煩歸麻煩，學校在山岡上，下了火車，還得走兩三公里山路，沒帶傘的話，途中遇到下雨，準淋成落湯雞，所以，每逢陰晴不定的日子，我們這些中學生，手中都乖乖的拎著一把傘。

這天回家，走出火車站，跳上客運車，我把大黑傘掛在椅背，大夥兒擠在後排的位置上，嘻嘻哈哈的談笑，比起早晨上車時緊繃的臉，那是迥然不同的，像工人收工時的輕鬆、愉快，一天的功課結束了，回家的車上，似乎是我們最快樂的時光。這班車是「二齒」開的，「二齒」司機開車慢，可是，他載著一車的喧譁晃呀晃，搖哇搖，好像一下子就到了八張犁小站。大夥談興正濃。有人催我下車，我匆忙抓起書包往車門衝，兩腳剛落地，我忽然想起什

麼的叫起來：

「糟了！我的傘……」

抬頭，客運車的屁股正冒著白煙，慢慢的爬坡，我邁開腳步，以跑百米的速度拚命追，邊跑邊向車子揮手，車上的人，好像根本不理我。

「車子！等一等……」

我大聲喊著，兩腳跑得沒著地般。那老爺客車，看似走得慢，任憑我怎麼追，也追不上。

「車子！等一等……」

我的呼喊聲，愈來愈小，客運車和我的距離，也愈拉愈遠。望著車子消失在彎處，我知道自己沒法趕上了，便蹲在路旁，像隻頹喪的狗，猛喘著氣。

那把傘雖然不貴，卻是父親做苦工賺錢買來的。我這樣想著，不由得難過起來。

何不到車站去等呢？腦海閃過這個念頭，心中又燃起一絲希望。

一踏進家門，書包一扔，我趕忙蹬著腳踏車，朝客運車站奔馳。我把掉傘的事情告訴站務員，他大概認爲這僅是芝麻小事，只淡淡的說：「哦，那輛車已經開去中壢了。」

我茫茫然坐在候車室，不時引頸張望從中壢方向回來的車子。客運車漆著相同的顏色，幸好，我知道那輛車是「二齒」司機開的。這時，正是下班的時刻，站裡人來人往，好不熱鬧，我還碰見幾個慢回家的同學，他們向我打招呼，問我坐在這裡幹什麼，我笑笑，實在沒心情回答。

在車站待了一個多鐘頭，「二齒」的車終於緩緩進站。等乘客都下來了，我趕緊爬上去。

「司機先生，有沒有看到一把黑傘？」我問「二齒」。

他搖搖頭：「去找找看吧！」

我走到後排的位置旁，椅背和座椅下，統統找遍了，都沒有黑傘的影子。

暮色蒼茫中，我慢慢蹬著腳踏車回家……

再見歪嘴甕

有人說，人，是離開以後才來懷念的，就像我懷念在天國的母親一樣。我要說，東西，是在失去以後才會惋惜的，就像我惋惜被堂姊載走的歪嘴甕一樣。

幾年前，父親告訴我歪嘴甕送給了堂姊，起先，我並不以爲意，總覺得有人喜歡它就好了。可是，每次回老家，隔著窗櫺，看不到窗外屋簷下的歪嘴甕，就彷彿失落了什麼似的惆悵，不單是那

醜醜的歪嘴甕，還有更珍貴的記憶與故事藏在裡頭哩！

如果我沒記錯，母親先用它來釀豆豉，買了新甕以後，才用它來貯藏鹹菜乾。

母親釀造黃豆豉的情景，依稀在眼前浮現。初夏的午後，陽光垂直的照在小天井上，母親把歪嘴甕搬出來，裡面裝滿新釀的黃豆豉，母親調整歪嘴甕的方向，好讓甕口正對著陽光，然後用一塊紗網罩在上面。從甕口看得見裡面的豆豉，正噗嚕噗嚕的發酵。母親間或掀開紗網，一蓬一蓬的豆香，隨著母親的輕輕攪拌，飄散在小天井裡，陽光愈強，那香味也愈濃。不怎麼好看的歪嘴甕，也能釀出這麼芳香的味道，歪嘴有什麼關係呢？我常常這樣想。

經常在我的記憶裡閃動的，是母親自甕裡掏出鹹菜乾的背影。多半是黃昏的時候，母親來到屋角的歪嘴甕旁，她傾著身子，因爲

整隻胳臂伸入甕裡，使得她的背脊看起來更佝僂了。她掏起一捆鹹菜乾，總要湊在鼻間聞一聞，放在一邊，再繼續掏，那時候，母親的背影，映著門外黃昏的天色，好像一幅美麗的畫。

有一年年初二，堂姊回娘家，順道來探望我的母親。她知道我常常在報上發表文章，問我有沒有新書出版，我上樓拿了一本散文集《崗背的孩子》送給她。心想，在崗背長大的堂姊，一定會喜歡這本描寫我的童年與故鄉的書。

隔了不久，我的母親去世，堂姊來參加喪禮，臨走前，她帶著一臉歉意對我說：

「看了你的書，我才知道你那麼捨不得歪嘴甕。」

我愣了一會，才想起散文集中那篇「歪嘴甕」。啊！是不是我寫它的時候，放了太多的感情？我忽然覺得很不好意思。

一個平凡的甕，外表粗糙而又有點畸形，甕裡的故事和記憶，卻如同它貯藏過的鹹菜乾，愈陳愈香。不知怎的，母親不在的日子裡，歪嘴甕反而成了我思念的泉源。

前天下午，我回老家去，赫然發現歪嘴甕擺在客廳一角。

「你堂姊送回來的。」父親說：「不是你跟她要的嗎？」

「我？沒有哇！」

父親好像不太相信，只有我知道是怎麼一回事。眞後悔送書給堂姊。

再見歪嘴甕，有點情怯，又有點陌生，粗粗的外表，依然古樸而泛著油光，凹陷的甕頸，沒有一粒沙子堆積。感謝堂姊把歪嘴甕照顧得這麼好。這個伴著我們全家度過貧苦歲月的甕，一點也不醜，它張著歪斜的嘴，彷彿有許多話要對我說……

大自然，母親的書

我的母親在民國前一年出生，可以說是清朝時代的人。因爲家境貧寒，從小就給人家當養女，整天東奔西跑，做苦工賺錢貼補家用，根本沒有機會念書，所以，我的母親一個字也不認識。

清明節的第二天凌晨，母親走完了平凡的一生。她的生命中沒有多姿多彩的故事，她不懂得享受，更不知人間的富貴與榮華，只知道像螞蟻般勤奮、打拼，像陀螺般轉個不停。大概習慣成自然

吧！不認識字並沒有給她的生活帶來多大的不便；還有一個原因，就是她的大半輩子都在田園中度過，大自然這本書，傳授給她的知識和經驗，比到學校念書得到的更多，也更實用。

外婆住在中壢。我四五歲的時候，常常跟母親回娘家，先搭客運車到埔心火車站，車站的牆上，掛著票價表和時刻表。人家說「路長在嘴巴上」，我的母親是最佳的見證，她看不懂時刻表，一邊拉著我，一邊微笑的問別的旅客：

「請問到中壢幾點有車？」

來回一趟外婆家，類似的問話，母親總要說好幾次，我跟在旁邊都覺得不好意思了，母親卻不以爲忤。

母親不識字，她自有一套法子，解決不識字的困擾和不便。

以前的鄉下，常有藥商寄放藥袋，袋裡裝著治療頭疼、咳嗽、

拉肚子……的成藥，每個小袋子上都印有很醒目的藥名，母親看不懂文字，卻看得懂上面的圖像。偶爾，家人身體不舒服，她就扮起蒙古大夫來了，像父親咳嗽的時候，她就說：

「吃一包『老阿伯』吧！很有效哩！」

鄰居有人頭疼，她就推介說：

「吃『撳頭那』的，一下子就止痛。」

原來，老阿伯咳嗽和婦人按著頭、皺著眉的圖像，早已深印在母親的腦海。圖像，成了母親分辨藥品的依據。

我的老家設備簡陋，晚餐後，得先在大灶煮水，洗澡前再用桶子提到浴室去。有了電視以後，晚上一家人總是守著電視，不願這麼早洗澡，總要我和妻再三催促，才心不甘情不願的離座。催孩子，催雙親，妻子催我，每天都這樣。有一晚，母親坐在沙發上，

已經累得打瞌睡了，頭不停的點著，我催了好幾次，還不肯去洗澡。我擔心鍋裡的水涼了，心裡急，也有點生氣，脫口就對母親說：

「洗澡啦。咳！看不懂又愛看。」

說完，我逕自走進房間看書。

臨睡前，妻指著我說：「你闖禍了！」

妻看我一臉茫然，娓娓告訴我說，我剛才那句話害得母親哭了一晚。沒想到我那一句無心的話，深深刺傷了母親。此後，對母親我更加謹言慎行了。其實，母親一向寬宏大量，從不與人計較。或許，那天晚上我的話，撩起了她內心不爲人知的痛楚，也觸動了她的愁腸吧！

這些年，電視上的客語節目多了起來，本以爲她會喜歡，可

惜，裡頭的人物講話速度太快，用詞也不夠純熟，母親觀賞的興致並不高。有時，我下班回來，她會對我抱怨說電視機裡的人罵她，我問她罵些什麼。

她說：「嘰哩咕嚕的，我哪知？」

我想笑，看母親一臉的委屈，又笑不出來。

母親因爲衰老，沒法自己走動以後，大部分時間都坐在電視機前，母親聽不懂影歌星的話，也看不懂電視上的字幕，每回陪母親看電視，我只好挑一些動物的紀錄片給她看，然後指著畫面告訴她，這是獅子，這是大象，那是長頸鹿。她睜大眼睛仔細瞧，不住的發出讚嘆。螢光幕出現成群的雞、鴨或鵝，母親最高興了，她哈哈的笑著，彷彿跟多年失散的朋友重逢般的歡喜。

哦，母親念過一本書，這本書的名字叫大自然。她每天都翻讀

著這本書，讀著田園、山水、飛鳥、雞、鴨、鵝……雖然，她一個字也不認識。衹是，這幾年母親不良於行，離開了心愛的田園和日日餵食的雞鴨鵝豬，她是多麼的孤單與落寞呀！

黃菊

公墓在村子的西邊。我的母親就葬在那裡。

出殯那天早上，天空飄著小雨。午後，雨停了，負責掩土的親戚們，用剷子剷起堆在周遭鬆軟的泥土，覆在棺木上，然後，再在隆起的土丘前後種了幾塊草皮；我們則把花籃裡的花束，鋪撒在土丘上，這樣，母親的墳也就不會太寒酸了。

每隔一兩天，我就繞到村子西邊，去看看母親的墳。春天，下

雨的日子多，鄰近的墳，草芽欣欣向榮，一片翠綠。母親墳上的草皮，也伸展身子，撐開了狹長的葉片，看似活了。那些覆在上頭的花束和枝葉，經過幾天的日曬風吹，已日漸枯萎，紛紛露出褐黃的外貌。再美的花，失去根植的土地，終究沒法存活的。我這樣想著，忍不住發出一聲嘆息。

接連出差好幾天，雨，斷斷續續落著，有時還嘩啦啦落一陣，心裡惦掛著母親墳上的泥土，不知被雨水沖刷了多少。那天黃昏一回到家，連忙騎車到墓地去。幾天不見，草皮好像又發了幾根綠芽，後方坍了一小角泥土，我緩緩沿著土丘走一圈。橫鋪在上面的花束，有的已經腐爛了。就在黑褐的花束遮掩下，我發現兩株黃菊矗立著，幾片墨綠的葉子點綴其間，那粗粗的綠莖，插在海綿花座上，它們的根，似乎早就鑽入土中。每株的上端，還頂著兩三顆小

花蕾，那是花籃裡的黃菊嗎？不過，那海綿花座的確來自花籃。黃菊的粗莖，居然有這麼強的生命力，我怎麼也不敢相信呀！

今天早晨，我走近母親的墳，眼前驀然一亮，土丘上開了三朵金黃的菊花，在晨風中閃動著晶瑩的露珠哩！我默默的注視，小聲的問地下的母親，喜歡菊花嗎？

母親一生節儉樸實，只愛穿素色的衣裳，帶點花紋的，她全都鎖在箱子裡。母親墳上先前種下的草皮，正蔓延著它的莖葉，四周的野草，也向這邊伸著試探的觸鬚，不久，那些野草就會爬滿母親的墳；不久，母親的墳上還會再開幾朵動人的黃菊花。如果母親地下有知，大概不會排斥吧！

附錄>>>學習單

設計：馮輝岳

※　「輯一」的文章，以描寫景物為主，讀過以後，哪篇在你腦海留下美好、深刻的印象？請將它畫下來。

1．文章篇名：

2．畫下美好的景物：

※「輯二」的文章，以描寫花草樹木為主，作者運用了許多修辭方法。請你從文章中各挑選兩段句子填入下表。

修辭方法	挑選的句子	選自哪篇文章？
譬喻		
比擬		
設問		
呼告		

※「輯三」中，作者寫出了跟小動物相遇、相處的經過。你曾經看過或飼養過哪些小動物？請舉出一種，寫下你跟牠相遇、相處的經過。

1.我看過（或飼養過）：

2.我與（　　）相遇、相處的經過：

※「輯四」中作者記述了一些難忘的人與事。你有沒有難忘的人或事？為什麼令你難忘？請把它寫下來。

※在《發亮的小河》這本書中，你最喜歡的是：

1.文章篇名：

2.喜歡它的原因：

※讀完《發亮的小河》這本書，你有什麼話想跟作者說，或者有什麼問題想請教作者，可以寫在信紙上，寄到「台北市基隆路一段 180 號 4 樓」聯經兒童組轉交。

作品賞析

眼睛發亮　心情愉快

——讀《發亮的小河》有感

林煥彰

我喜歡散文中的眞情，喜歡散文中的眞愛，也喜歡散文中的自然……

讀兒童文學作家馮輝岳老師的新著兒童散文集——《發亮的小河》，喚醒我童年時很多的記憶和想像；也讓我對自己所生長的這塊土地，以及原生植物、野生動物、昆蟲和樸實的鄉村小人物，有更進一步的認識和尊重。

馮老師和我差不多是同年代出生的人，我也是農家子弟，我們

都有相同經歷的童年，以及在農村和大自然接觸的生活體驗，讀馮老師的散文，特別感到熟悉和親切。

《發亮的小河》計收錄六十篇「兒童散文」。馮老師依內容、題材歸類，分成四輯：輯一，是「發亮的小河」，寫鄉村景物。輯二，是「搖舞的葉子」，寫鄉村野外常見的小花小草。輯三，是「看小豬吃奶」，也是寫鄉村野外常見的本土鳥類、昆蟲和家禽家畜。輯四，是「赤腳去上學」，寫童年往事的一些生活點滴。從它們的篇目來看，簡直幫我找回了許多在現實生活中，早已流失了的事物——那些記憶深處、特別熟悉的往事，在馮老師細膩的筆下，都一一活現過來。這本散文集，對遠離大自然的現代兒童來說，更是一份好禮物。

馮老師從事小學教育工作三十幾年，他從事兒童文學寫作，也已超過三十年；馮老師是優秀的資深教師，也是優秀的資深兒童文

學作家；他爲人平平實實，個性安安靜靜；他的文學作品，也一向是平平實實，不譁衆取寵，卻溫馨感人。

「平平實實」是馮老師的性格，「平平實實」也是馮老師的文風；我愛馮老師「平平實實」之中流露出來的珍貴的眞情、眞愛和自然。

馮老師寫過兒歌、寫過童詩、寫過童話，也寫過評論……近年更從事國小語文課本的編寫工作，因此，在馮老師的兒童散文中，幾乎每一篇都可以發現這些不同文類的特質和優點，我從馮老師的兒童散文中，不僅發現到語言掌握的準確，更發現到，處處都蘊含著詩歌的情意之美、童話故事的動人情境；尤其一兩句「對話」的巧妙穿插運用，不僅輕鬆、快速的轉換情景，也增添了故事情節的演進。這些特質和優點，不論是用來描繪景物、抒寫心境或寫人物、昆蟲、動物，都更顯得簡潔、生動、有力，有形象，有動感，

有聲音，展現了兒童散文中「平實風格」的另類魅力。

讀《發亮的小河》這本兒童散文集，是讓我眼睛發亮、心情愉快的。

二〇〇三、三、二五寫於研究苑

那一段爲教育打拼的日子

趙鏡中

認識的作家不多，多半是因爲工作的關係，才會接觸到一些作家朋友。與馮輝岳主任的相識，也是因爲工作的機緣，這樣的機緣一續就是七、八年。

當時教育部委託「國民學校教師研習會」進行國小的語文課程實驗，實驗內容包含編一套「不一樣」的語文教材，因此研究小組找上了幾位作家（有陳木城校長、林武憲老師和馮主任）想借重這些在小學任教的作家，以文學創作上的專長，以及對語文教學的經

驗，使實驗教材的文學性更豐富、更扎實，也因此得以和馮主任有了共事的情誼。

或許是個性使然，馮主任來參加這樣的編輯會議（每週一次），通常話不多，但大家對他的作品是很看重的。無論是開會討論或是私下的請益，對我這個文學的外行人，馮主任包容的多，堅持的少。他總是客氣的說，語文教學不是他的專長。雖然從文學的觀點來看，對文章的某些刪改，並不恰當，與原創的想法也不相合，但也許是考慮到教學上的需要吧！他也就不堅持了。話雖如此，但清楚地記得，馮主任曾發表過一篇文章，在文章中他描述一個作家的文章被刪改時的心情——就好像被凌遲一般。當時大家看了都嚇了一跳，沒想到馮主任謙讓的背後，還是有他文學的堅持，只是為教育，他願意做出難得的讓步。還好到了中高年級，選文的空間大了，不再刪改作家的作品，而是全文照用，也減少了這一方

面的爭議。

在實驗教學的過程中，有些實驗班的老師安排小朋友訪問教材中的作家，我私下問這些小朋友，教材中選用了很多馮主任描述童年生活的故事（有些收錄在《崗背的孩子》一書中，本書裡也有一些），這些陳年往事對他們而言，是否有吸引力？喜歡這些故事嗎？小朋友的反應出奇的好，他們覺得馮主任的文章簡單、易讀，但是很有味道，對了解以前小孩的生活，有相當的幫助。這也是我個人喜歡讀馮主任文章的原因，平淡中卻每每挑動你一根有點生鏽的心弦，而讓人多所回味。

經過多年的打拼，實驗教材終於完成，也深受各方面的肯定，教材中選用了他很多好的文學作品，應是他受歡迎的主要原因。如今，隨著學校教材的開放，學生將有更多的機會閱讀到好的文學作品，學生閱讀的品味也將會提升，相信馮主任的文章一定會受到大

家的喜愛。得知馮主任的作品將集結出版，我想這對學生、老師都應是一種莫大的福氣。

文學館

發亮的小河

2011年5月初版

定價：新臺幣250元

著者 馮輝岳
繪圖 曹俊彥
發行人 林載爵

叢書主編 黃惠鈴
美術設計 邱士娟
王儷穎

出版者 聯經出版事業股份有限公司
地址 台北市基隆路一段180號4樓
編輯部地址 台北市基隆路一段180號4樓
叢書主編電話 (02)87876242轉213
台北忠孝門市：台北市忠孝東路四段561號1樓
電話：(02)27683708
台北新生門市：台北市新生南路三段94號
電話：(02)23620308
台中分公司：台中市健行路321號
暨門市電話：(04)22371234ext.5
高雄辦事處：高雄市成功一路363號2樓
電話：(07)2211234ext.5
郵政劃撥帳戶第0100559-3號
郵撥電話：27683708
印刷者 五洲彩色製版印刷股份有限公司
總經銷 聯合發行股份有限公司
發行所：台北縣新店市寶橋路235巷6弄6號2樓
電話：(02)29178022

行政院新聞局出版事業登記證局版臺業字第0130號

本書如有缺頁，破損，倒裝請寄回聯經忠孝門市更換。

ISBN 978-957-08-3800-8 (平裝)

聯經網址：www.linkingbooks.com.tw
電子信箱：linking@udngroup.com

國家圖書館出版品預行編目資料

發亮的小河/馮輝岳著．曹俊彥繪圖．
初版．臺北市．聯經．2011年5月（民100年）．
256面．14.8×21公分（文學館）

ISBN 978-957-08-3800-8（平裝）

859.7 100006842